LETTRINES 2

L'ŒUVRE DE JULIEN GRACQ
EST PUBLIÉE
CHEZ JOSÉ CORTI

☆

AU CHÂTEAU D'ARGOL (1938, roman)
UN BEAU TÉNÉBREUX (1945, roman)
LIBERTÉ GRANDE (1946, poèmes)
ANDRÉ BRETON (1948, essai)
LE ROI PECHEUR (1948, théâtre)
LA LITTÉRATURE A L'ESTOMAC (1950, pamphlet)
LE RIVAGE DES SYRTES (1951, roman)
PENTHÉSILÉE (traduction de Kleist, 1954)
UN BALCON EN FORÊT (1958, récit)
PRÉFÉRENCES (1961, essais)
LETTRINES (1967, critique)
LA PRESQU'ILE (1970, nouvelles)
LETTRINES 2 (1974)
LES EAUX ÉTROITES (1976, récit)
EN LISANT EN ÉCRIVANT (1980, critique)
LA FORME D'UNE VILLE (1985)
AUTOUR DES SEPT COLLINES (1988)
CARNETS DU GRAND CHEMIN (1992)

JULIEN GRACQ

LETTRINES 2

6e Réimpression

JOSÉ CORTI

ACHEVÉ D'IMPRIMER
EN MAI 1998
PAR L'IMPRIMERIE
DE LA MANUTENTION
A MAYENNE

Le programme des parutions et le catalogue général sont envoyés sur simple demande adressée à :
LIBRAIRIE JOSÉ CORTI, 11 RUE DE MÉDICIS, 75006 PARIS

ISBN : 2-7143-0182-7
N° d'édition : 1454

Chemins et rues

A Saint-Germain-en-Laye par une journée de janvier très grise, où le crépuscule tombe dès quatre heures : la brume de l'Écosse détrempe et décolore au-delà des voitures du *parking* le bizarre château toscan où est mort Jacques Stuart. Je marche à travers le parc vers les urnes de pierre, enguirlandées et coiffées de pommes de pin, qui découpent au-devant du promeneur un cran si pur de ciel vide ; au-delà d'un parterre défleuri un coureur nu sur son socle, qui semble jaillir des arbres comme un Génie outragé de la forêt, tend le poing à la Ville dont l'écume grise et siliceuse vient salir jusqu'au-delà de la Seine les dernières pentes du versant. Le gradin spacieux de la terrasse, haut suspendu entre fleuve et forêt, m'a paru d'une disposition et d'une ampleur presque magiques : la très molle flexion qui l'incurve dans son milieu comme un tablier de pont suspendu, et qui relève faiblement le fond de la perspective avant qu'elle ne bute contre les arbres, la large bande centrale herbeuse qui l'ensauvage, l'orageuse et lourde bordure rectiligne des futaies qui déverse le regard vers la droite au-delà de la balustrade ajourée, en faisaient soudain ce soir un lieu panique, une allée d'apparition ; très loin devant moi sur la bande de gravier au long de la balustrade, un unique promeneur s'éloignait de dos au bout de son ombre, noir et vertical comme un promeneur d'une toile de Dali.

☆

Treizième arrondissement, derrière le boulevard de la Gare. Tours neuves des « résidences », enfoncées une à une dans la glaise comme les pieux d'un barrage, grues, fouilles, terrassements qui tranchent par un côté comme un massicot une colline d'une quinzaine de mètres. Tout ce dévalement morne et disgracié de la Butte-aux-Cailles vers la Seine, au-delà du vaste enclos bâti de la Salpêtrière — bizarre fief onomastique de Jeanne d'Arc : rue Lahire, rue Dunois, rue Xaintrailles, rue Richemont, rues de Reims, de Domrémy, de Patay (Gilles de Rais n'a pas la sienne) coupé en son milieu par l'énigmatique rue du *Château-des-Rentiers* — tout ce quartier bouleversé, éventré, rasé, hérissé de donjons de béton, évoque aujourd'hui Saô Paulo plus que Lutèce ; quelques fragments de sordides petites rues jamais ramonées débouchent, tranchées net comme les tronçons d'une tuyauterie oxydée, sur les terre-pleins boueux où champignonnent les casques jaunes. Aucun quartier de Paris ne connaît une mutation aussi brutale, aussi massive : c'est ici de la chirurgie lourde de greffe d'organes à côté des implants et des inlets d'une délicate prothèse dentaire.

Boulevard de l'Hôpital : hôtels, restaurants, cafés uniformément miteux qui sur une centaine de mètres font vis-à-vis à la très mesquine et très laide gare d'Austerlitz. Le suint et la crasse de l'ancien dépôt de mendicité de la Salpêtrière, qui la jouxte, semble avoir déteint sur cette gare borgne et à demi clocharde, comme sur Cayenne son bagne.

☆

Après-midi d'un dimanche d'hiver, grise, couverte et immobile. Par la rue Mouffetard, la rue Descartes, la Place du Panthéon, la rue Soufflot, j'ai traversé le quartier de ma jeunesse, si rarement revisité depuis trente ans, et j'ai été frappé, en longeant le Panthéon du côté de la bibliothèque Sainte-Geneviève, par le caractère monumental, claustral et froid de cette acropole basse, dont je me suis souvenu un peu en écrivant le dernier chapitre du *Rivage des Syrtes* — un morceau d'une Rome bâtarde, à la fois antique et jésuite, échoué à l'écart sur sa colline, d'où la vie a coulé de toutes parts vers les pentes basses, et ne remonte plus qu'au long du seul boyau sinueux, bruyant, fermentant, digérant, odorant, de la rue Mouffetard. Du trottoir qui longe le Panthéon, entre la faculté de Droit, la bibliothèque Sainte-Geneviève, l'église Saint-Étienne-du-Mont, le lycée Henri IV, on n'a pas en vue un seul immeuble habité : la place est la seule de Paris que l'œil trouve trop vaste pour les rares voitures, les rares piétons qui la longent ou la traversent, et qui semblent presque tous, seuls encore dans le quartier latin, porter le sceau revêche de quelque cléricature, universitaire ou religieuse. A trois cents mètres du torrent en rumeur du boulevard Saint-Michel, par les nuits sans lumière de l'occupation, c'était parfois comme une enclave urbaine de Chirico, figée par la lune sous ses dômes, ses pavés, ses colonnades, ses corniches. Rien n'est glacial, rien n'est venteux par une nuit d'hiver comme le puissant courant d'air qui déferle de la rue Soufflot, que la masse du dôme divise, et qui faisait autrefois grelotter de solitude les faibles lueurs jaunes des réverbères de la place — rien n'était pénétrant comme le froid monastique qui tournoyait, aux rentrées désertiques du dimanche soir, dans la rotonde de l'escalier et sous les hautes voûtes du lycée Henri IV. Je m'étonne aujourd'hui un peu — plus sensible que je suis devenu au silence muré, au froid, à la désertion — que notre jeunesse ne se soit pas glacée entre les pierres de cette nécropole éventée : si la vie devait un jour se retirer de Paris, il me semble toujours que c'est là, et nulle part ailleurs, que les premiers brins d'herbe perceraient entre les pavés.

☆

« Nantes, où nous *sommes* tout à la fois ensemble et séparément » m'écrivait Breton énigmatiquement, dans la dernière carte que j'aie reçue de lui, quelques semaines avant sa mort. Je songe parfois qu'il aurait aimé la voir telle que la photographie nous l'a montrée depuis, il y a deux ans, enfouie dans le gris crépuscule d'hiver, et dominée par le gigantesque *toro de fuego* de sa cathédrale en feu, le filigrane rouge de chacune de ses solives dessiné sur le noir du ciel comme pour autant de côtes ardentes. Ville qu'il a connue comme moi peignée encore comme une grève par les longs doigts vivants de la Loire et de l'Erdre, où le fleuve, en s'éloignant, a laissé tant de souvenirs échoués sur le sable — ville par moments panique, effrénée, où m'émouvait tellement, rien qu'à le pressentir, rien qu'à longer ses franges avec les sinistres « promenades » du lycée, le magnifique déchaînement de canaillerie sexuelle de son carnaval des brumes.

☆

Pendant deux ans — de 1942 à 1944 — alors que j'habitais Caen, l'accès de la côte, à une quinzaine de kilomètres à peine, me resta interdit par l'occupation allemande, mais la direction de la mer, abstraitement, réglait l'orientation de mes promenades ; partant de la place Saint-Martin, que j'habitais, et longeant la station terminus du petit chemin de fer de la côte (déjà envahi par la rouille et l'herbe, et aujourd'hui sans doute démoli) je retrouvais tout de suite la campagne nue du calcaire, les molles ondulations rases où parfois la route s'encastrait un instant en demi-tranchée. Peut-être la ligne des patrouilles qui sabre dans mon roman la carte de la mer des Syrtes est-elle fille de cette ligne de démarcation — moins connue que l'autre, et d'ailleurs peu surveillée — qui verrouilla pour moi pendant deux ans l'accès de la bande côtière. Lorsque l'été de 1944 approcha, et que les avions rôdeurs se succédèrent jour après jour au-dessus de la région sans presque jamais bombarder, je pressentis assez clairement que ces longues plaines sèches et découvertes allaient attirer les chars, et, les examens de licence terminés, sans attendre davantage je quittai Caen en bicyclette, emportant tout mon bagage, une semaine avant le débarquement. Depuis bien des semaines, il n'y avait plus ni trains, ni voitures.

Dès que je fus revenu, en octobre, au premier jour libre je quittai le décombre boueux de la ville et je partis à pied en pèlerinage vers la mer que je rejoignis à Langrune : la longue interdiction de cette côte inconnue, si proche et si tantalisante, avait dû créer chez moi un état de carence, analogue à celui auquel on palliait alors sur le plan nutritif avec les distributions de *biscuits vitaminés*. Il faisait un temps couvert, immobile, une de ces journées recueillies, amorties, du déclin de l'automne, qui longtemps avant l'approche du soir semblent tirer autour de vous les courtines d'une alcôve. Le long de la route, on voyait encore des positions de batteries allemandes avec leurs douilles vides et, çà-et-là, des carcasses de chars. Je traversai Douvres la Délivrande, et j'arrivai à Langrune pour déjeûner. Les ruines et les plâtras du débarquement encombraient encore les ruelles du bourg à-demi détruit ; au bord de la plage on voyait en coupe un blockhaus fendu en deux, et, le long de la tranche du béton sectionné, sur un mètre cinquante, le trajet d'un obus de cuirassé, noirci et calibré comme un conduit de cheminée. La mer encapuchonnée et grise, frileuse, qui battait ces champs de décombres festonnés de décharges municipales semblait moins souverainement présente que d'habitude et comme rétractée ; les traces apocalyptiques du cataclysme qui s'était abattu sur ses bords la dépossédaient, dérangeaient pour l'esprit un ordre immémorial et convenu, parce que la nourrice des tempêtes pour la première fois n'avait pas part à ce dégât colossal : étouffée, à peine bruyante, elle semblait venue sur la pointe des pieds, en curieuse, observer des fureurs inédites chez Neptune.

Je rentrai à Caen à pied ce jour-là. Je retournai à Langrune, à Luc-sur-mer, deux ou trois fois, à pied toujours : il n'existait pas d'autre moyen de locomotion. J'ai pourtant le souvenir tenace d'en être revenu une fois par le petit chemin de fer dont la gare terminus se trouvait derrière la place Saint-Martin : j'ai même dans la tête l'image assez précise d'un attroupement endimanché attendant l'arrivée de la rame à quai pour retourner a Caen comme à la fin d'un après-midi de courses. Ce souvenir difficile à ébranler doit être un faux souvenir : il est invraisemblable, à la réflexion, que dès 1944 on ait remis en service l'antique tortillard balnéaire : l'époque avait d'autres urgences. Bien plutôt le réseau ferré lilliputien — lui-même largement imaginaire, et qui m'avait séduit dès la première lecture — tissé par Proust dans son livre autour de Balbec (c'est-à-dire de Cabourg, tout proche de Langrune) a dû profiter d'un créneau vacant dans ma mémoire, et tirer parti de la congruence géographique pour venir combler après coup un désir momentané surgi, à l'époque, de la fatigue. Ce ne serait pas la première fois que j'observe combien le souvenir qui s'éloigne devient perméable à une fiction littéraire, quand elle est restée à l'esprit présente et forte, au point d'accepter, si cette fiction s'adapte par hasard à un espace usé de la mémoire qui montre la corde, de se laisser rapiécer par elle sans façons.

☆

De ma fenêtre qui donne au nord sur la rue de Grenelle, j'aperçois devant moi à hauteur d'œil un désordre gai et coloré de pans de murs, cheminées, pots, toits de zinc et de tuiles, antennes de télévision, aussi changeant selon les heures, aussi aéré et ensoleillé que le désordre compliqué d'un pont, quand on escalade la muraille du navire. Propulsés jusqu'aux gouttières par des crampons, scellés aux murs, qui dessinent à partir des arrière-cours de tortueux chemins d'escalade, je surprends de plain-pied derrière mes rideaux la vie quotidienne, fortement baignée de poésie et de *far-niente*, des couvreurs occupés à la réfection des toits de zinc. De leurs allées et venues professionnelles, j'ai appris désormais presque tout : la reconnaissance liminaire du détachement précurseur, le mètre à la main, palabrant longuement sur le plan incliné à la tombée du jour — l'établissement, au bord des gouttières, des *X* de planches où s'accrochent les poulies qui hissent de la rue les matériaux — le déroulement alangui du jour ouvrable, les conversations, les libations en plein ciel, les pauses théâtrales et méditatives de la journée avancée, où les travailleurs s'accotent, comme à un bastingage quand le *pavillon brûle*, aux cheminées couronnées de pots rouges, la silhouette tout incendiée par le soleil couchant. J'observe les tendres, et sensibles, et changeantes couleurs de ciel, si passagères, des feuilles de zinc neuf, couleurs auxquelles une série de petites toiles d'*Hélion*, — propriété aujourd'hui de mon ami Brunet — a su rendre justice. J'observe les migrations des pigeons entre toits, balcons, et statues, au long de la journée, plus compliquées que le mécanisme des marées — l'attrait mystérieux qu'exercent certains pots de cheminées et certaines antennes sur un petit lot d'oiseaux stylites — je sais reconnaître le couple de pigeons hystérique qui chaque matin pendant un quart d'heure pince du bec et tiraille frénétiquement en tous sens la cordelette du store de ma voisine d'en face, à des fins impossibles à déterminer.

Ce petit monde des hauteurs, avec ses replats, ses portants, ses redans, ses ravins, ses arêtes — monde que j'ai en vue presque à portée de la main par-delà la gorge ombreuse et verticale de la rue de Grenelle, dont le fond m'est caché et d'où monte seulement jusqu'à mon balcon la lointaine rumeur de torrent — est déployé, étalé, inondé de soleil comme la terrasse d'un alpage suspendue au-dessus de la muraille verticale des forêts. Une vie clairsemée et timide y bouge, ralentie par l'hivernage, mais que le soleil revenu réchauffe et accélère davantage qu'ailleurs. Au fond de la bousculade étagée des toits, deux ou trois fois par semaine, dans son échauguette cuirassée d'ardoises s'ouvre la fenêtre mansardée d'une jeune bonne — ou plutôt d'une *employée de maison* — dont l'œil balaie mélancoliquement, à la recherche de quelque âme-sœur, le désert des plages de zinc et le puits des arrière-cours. Si loin, si haut, si seule, si oubliée, elle me fait penser à la maison sur la montagne et à la vitre illuminée qui obsède de loin Melville dans les *Contes de la Vérandah*, au point que toute affaire cessante il se met en route à travers champs et forêts pour la rejoindre. Un peu à droite, presque en face de mes fenêtres, j'essaie de m'imaginer l'arrangement intime d'un logis dont la disposition m'a séduit : il englobe les deux derniers étages, qui apparemment communiquent par un escalier intérieur, d'une maison étroite et haute. L'idée qu'il est possible de circuler dans cette demeure minuscule — mais qui comprend pourtant une très courte galerie vitrée et comme l'ébauche d'un jardin d'hiver — d'y aller et venir à son gré de haut en bas par un escalier privé, qu'il s'agit donc (car l'*étage* pour moi, depuis mon enfance, en reste le signe distinctif) de ce qu'on peut appeler une *maison complète*, mais hissée très haut au-dessus du sol sur des échasses géantes et comme coupée de lui à la manière du Village Aérien de Jules Verne — une telle idée me plonge dans une songerie riante et domestique ; j'échange de temps en temps à travers la rue un salut cérémonieux avec la dame seule — aimable et mûre — qui volète derrière les fenêtres d'une résidence tenant si peu à la terre ; cette ébauche de politesses muettes me fait rêver de quelque communauté des Plombs qui associerait pour une vie de relations aérée et informelle, très haut au-dessus du thalweg boueux des rues, la petite aristocratie de ces lisières de l'air pur. Plus à gauche, la Luxure — timide, cloîtrée, loin du regard de l'Homme — s'embusque derrière une fenêtre à rideaux blancs que la chaleur des après-midis d'été entr'ouvre : deux jeunes filles, redressées dans des poses gracieuses, y comparent parfois un instant, devant une armoire à glace, les *fruits mûrs de leur nubilité*.

Dès avant midi, la gaîté légère et vaporeuse des toits du matin se résorbe ; le soleil passe derrière ma maison et frappe d'aplomb les pans de murs qui s'échelonnent et se recouvrent à demi comme des portants de théâtre dans les créneaux des toits du premier plan ; une lumière crayeuse et dure les silhouette brutalement contre le ciel dont le bord devient mauve : lumière verticale et aride qui mange les ombres et m'avertit à travers mes rideaux, même en l'absence de tout coup d'œil direct, que le moment de la journée le plus désertique, le plus hostile, pleut sèchement et durement sur la ville comme sur une carrière abandonnée. Mais dès que l'après-midi décline, avant que le soleil ne se couche, revient se poser sur les toits l'heure songeuse et mûre, l'heure toute baudelairienne de la journée : non plus certes les « fleuves de charbon montant au firmament » — les fumées du mazout, mangeuses de zinc, filtrent à peine tremblées par les cheminées de métal qu'elles trouent peu à peu — mais la seule magie de la lumière oblique qui fait flamber les pans de mur soudain grenus, jaunes et pulpeux.

Et le soleil, le soir, ruisselant et superbe...

Le canyon de la rue, où les boutiques s'allument, plonge déjà tout reclus dans le crépuscule, mais la lumière des sommets qui regardent le soleil longtemps et se dorent à lui par-dessus l'épaule des vallées touche encore les escarpements modestes des toits et des cheminées, semble dilater autour d'eux l'espace allègre et revigorant qui baigne le plus haut pont d'un navire. Puis une grisaille cendreuse pleut du ciel décoloré ; la succession si nette des plans s'abolit et le sentiment de la profondeur s'envole ; il ne reste plus qu'une image plate et terne, décalquée contre la vitre, qui pâlit et se fane distraitement derrière les rideaux : le théâtre sans prétention des gouttières, des mansardes et des cheminées replie et enroule son cyclorama, ses toiles et ses portants : il est temps d'allumer ma lampe.

☆

Toute singularité dans l'implantation des maisons d'un village fixe mon attention, et presque toujours me séduit, dès qu'elle s'écarte du stéréotype de la route bordée de maisons ou de la sempiternelle étoile de rues. Ainsi à Mayun, à Fédrun, dans la Brière, l'anneau lâche des maisons au long de la route circulaire, se dévisageant au travers de la prairie centrale, ainsi à Hargnies dans l'Ardenne, le vaste quadrangle gazonné, bordé de sa mince lisière de maisons, à quoi se réduit le bourg. Le charmant *capriccio* louis-treizième que figure la villette cartésienne et géométrique de Richelieu, ou encore Rocroi, comme une étoile de mer pétrifiée dans une clairière perdue.

Dans le premier cas, c'est l'image naturelle de l'*atoll*

reproduit par une concrétion humaine organique qui me séduit : le cordon circulaire ou quadrangulaire des maisons disposées autour d'un lagon central banalisé, terrain de rencontre et pôle social que les allées et venues coupent et traversent en tous sens. L'idée attirante d'un habitat régi par les lois du théâtre, avec toutes ses loges en vis-à-vis, s'accole à une disposition aussi riante où l'homme à chaque instant est aux autres — plus encore qu'un associé et un voisin — un spectacle (la placette du décor de la comédie italienne est déjà tributaire de cette idée : scène naïve et fortuite qui se donne en spectacle sur la scène). Dans le village-étoile-de-rues, l'électricité sociale, au lieu de s'amasser, nous donne l'impression de fuir par toutes les routes qui le prolongent : ici s'impose au contraire l'image d'une lentille circulaire qui concentre la vie dans un seul foyer.

Il ne serait pas impossible de soutenir que la *place*, où se concentre et s'exalte jusqu'au feu le rayonnement de la vie sociale, est une prédilection catholique et méditerranéenne, et le semis de maisons inorganisé de la Norvège, le tissu sans innervation du quadrillage américain, le choix au contraire d'un individualisme protestant ombrageux. Aventureux, mais pas impossible.

☆

Planèze de *Salers* au soleil de six heures : longues pentes nues et molles montant vers les dents volcaniques : le soleil, plus que sur la planèze de Saint-Flour moins bien exposée, dore merveilleusement les couleurs du chaume sec ; le gazon est luisant et lustré comme une robe de pur sang. Le silence de la nuit au milieu des pâturages garde quelque chose de domestique ; les clarines des vaches par moments s'éveillent et tintent faiblement : rien de plus frais et de plus naïf que ces rêves bovins carillonnés. Dans le brouillard épais du matin, qui remplit la vallée, plonge à pic devant ma fenêtre une pente herbue où des vaches, la tête levée, se tiennent étagées et immobiles, comme des oiseaux de mer au flanc de la falaise. *Burons* à demi ensevelis dans l'herbe, petits oratoires bucoliques et païens couverts de lauzes où on porte au son des clochettes les présents de la prairie : le lait blanc coagule en meules sur le feu de bois comme un latex de l'herbe juteuse. L'odeur du foin coupé inonde et baigne la terre, plus fine, plus immatérielle et plus enivrante que celle du maquis, et jaillit de tous les alambics de la prairie.

Sommets du Cantal : petits *Cervins* cousus jusqu'à leur pointe et ajustés à miracle au creux d'un étui taillé dans le drap du billard.

☆

Vallée du Rhône en amont de la Provence : pays de transition, faux Midi sans caractère au climat venteux, orageux et brutal. Vallée qui n'est plus qu'un boyau de communications générales, un *grand collecteur* où se serrent routes et autoroutes, voies ferrées, caténaires, oléoducs, barrages, écluses et dérivations. Nature bousculée, endiguée, cloisonnée, remblayée, bétonnée, salie de vomissures industrielles, de vapeurs d'essence et de poussier de ciment. Les montagnes du Diois, à l'horizon — profil vaporeux qui semble peint sur un paravent, écran dentelé sans profondeur et offusqué de brume — font l'effet d'une ombre chinoise sans réalité, un caprice marginal et fragile d'une nature encore en sursis de *bulldozer*.

Promenade le soir à *La Voulte*, le long du Rhône, où plonge un raide quai de ciment ; de ciment aussi sont le pont et le viaduc et les *résidences* toutes neuves ; des traînées blanchâtres, pareilles à des déchets de laiterie, se diluent dans l'eau stagnante : nous sommes dans le bief de Baix-le-Logis Neuf, ami des déjections chimiques. En face, dans ce qui semble être une île inhabitée, une végétation rêche et hirsute, une broussaille courtaude de plantes rudérales vient battre la base remblayée des talus de ciment. Plutôt que de regarder ce fleuve — non, ce *plan d'eau* — mort et souillé, cette végétation de rebut qui sert de fourrure miteuse au béton (la société des plantes, grâce à l'homme, est maintenant dotée aussi de ses bidonvilles) rentrons à l'hôtel et couchons-nous. Et même pas de sommeil bien ivre sur la grève : le Rhône n'en a plus, tout comme il n'a plus d'autre mugissement que la double chaîne sans fin de véhicules de ses deux rives.

☆

Je n'aime pas les petites plaines du Vaucluse, comme je n'aime pas celles du Roussillon. Le découpage en parcelles, trop mesquin, trop émietté, est sans harmonie ; rien de l'ample et large respiration chlorophyllienne du terroir hollandais.

Ce n'est plus une campagne — ce n'est pas un jardin. L'idée de *rendement*, sordidement présente dans toute cette usine agricole, jure avec celle de jardin, qui ne respire que désintéressement et temps perdu avec amour. Légumes, arbres fruitiers, empruntent ici à l'argent en lequel ils se convertissent quelque chose de fané et de revêche. L'aspect, malgré l'irrigation, reste curieusement celui d'une culture sèche : nulle part la molle abondance juteuse qu'évoquent le mot *verger* ou le mot *potager*.

C'est une banlieue, une *zone* maraîchère et fruitière, avec tout ce que le mot implique de dégradé et de lépreusement fonctionnel. Semis de laides maisonnettes neuves entre les cerisiers et les pêchers, sur lesquels elles jettent quelque chose de poussiéreux.

L'arbre disgracie également, quand il est présent,

cette ingrate et riche campagne. Tantôt rangé en rideaux utilitaires contre le mistral, tantôt groupé en boqueteaux mal arrimés au sol, rebut rogné et laissé pour compte des planches horticoles ; une association singulièrement inharmonieuse se fait presque partout des espèces de lumière et des espèces hygrophiles : cyprès, tamaris et platanes d'une part, saules et peupliers de l'autre.

Les *canisses* : contrefaçon exotique infortunée, bambou mollasse, canne à sucre infructueuse, dont le mistral affole et échevèle bêtement les fanes sans couleur.

A midi, sous le bleu de porcelaine, et la lumière mexicaine et violente du mistral, il y a dans ce paysage du Comtat (tout de même fort beau) une touche pour moi distinctement hostile sous l'agrément superficiel. Ce que j'ai ressenti aussi jusqu'à l'angoisse dans le palais d'Avignon et les tours d'Aigues-Mortes, dans la creuse gentillesse indifférente de la population indigène, et que j'appelle le cœur glacial du Midi.

Fontaine de Vaucluse : depuis le fond de l'eau lustrale où bougent les chevelures d'ondines vertes, jusqu'aux lèvres supérieures de la conque ombreuse, en deux cents mètres tous les arpèges de la fraîcheur.

☆

Carpentras : palais du cardinal Bachius (Bacchi ?)

Vaste palais romain, carré, glabre, froid avec un seul balcon au-dessus du haut portail où la *cappa magna* du maître du lieu devait draper d'un beau rouge la balustrade aux jours de fête et de jubilé. Synagogue de la rue de la Juiverie : oratoire renfrogné et maudit, aussi ostensiblement veuf de marques distinctives qu'un militaire dégradé, en retrait dans l'ombre d'une encoignure comme une maison de tolérance de la prière.

☆

Palais des Papes à Avignon. Salles en forme de puits, à peine éclairées, inconfort grandiose, poutres et pierres nues, étroites fenêtres de donjon. La chambre du Pape, malgré ses feuillages peints à la fresque, ses oiseaux et ses écureuils, évoque davantage qu'un lieu de repos une cave de silence, obscure et humide, un *in pace* muré. Rien, dans aucun château-fort que je connaisse, n'évoque plus rigoureusement la glaciale dureté de la vie médiévale. Je m'attendais à une pré-Renaissance presque souriante, ouverte aux beaux-arts et déjà curieuse de vivre : en fait on recule dans les âges : c'est la bauge cuirassée, crénelée, remparée et sans grâce, d'une principauté aux abois, pourchassée par les sauvages vendettas romaines, le fisc français, la peste et les Grandes Compagnies. La papauté s'est mise elle-même aux arrêts de forteresse dans cette pesante et froide prison de pierre qui semble, plutôt que la dispensatrice des grâces et des indulgences, le repaire de quelque grand rapace saturnien.

Les scènes les plus caïniennes de la *Légende des Siècles* : *Eviradnus* ou la *Confiance du marquis Fabrice* sont ce qui vient peupler de préférence pour mon imagination ces pierres inhumaines. Si l'esprit clunisien de la papauté monastique et de la milice du cloître s'est matérialisé quelque part, dans sa rudesse bâtisseuse et son austérité carcérale, c'est ici — et, à côté de ces écrasantes casemates de la prière, la caserne de l'Escurial, si vantée pour son ordonnance sinistre, garde quelque chose d'évaporé et de louis-philippard.

☆

Avant la guerre, chaque fois que je regagnais par le train Quimper que j'habitais, au passage de *Rosporden* je mettais le nez à la fenêtre, et je guettais l'échappée de vue sur l'étang qui précède la petite ville : sur la rive, étirant sa marchandise le long de l'eau au moyen de treuils et de chevalets de bois, un artisan *cordier* — le dernier de son espèce sans doute en France — fabriquait sa corde. Ainsi, je m'imagine, le long de la Loire, jusqu'à mon arrière grand'père inclus et sans doute longtemps avant la Révolution, devaient travailler mes ancêtres qui de père en fils étaient *filassiers*, fabriquaient de la corde avec le chanvre qu'on cultivait alors dans les îles et la vallée de la Loire. J'ai vu fermer à Saint-Florent, il y a une quinzaine d'années, la dernière usine, je pense, qui traitait encore en France le chanvre ; et il y a quelques années seulement cesser de pousser en quelques semaines dans les champs de l'île Batailleuse ces petites futaies d'un vert sombre, si étrangement parfumées, qui donnaient au paysage de la vallée une touche luxuriante de plantation tropicale. Cessa aussi de planer en septembre sur les bords de la Loire l'odeur chavirante, pénétrante, dont rien ne peut plus donner l'idée — car il n'y a pas de souvenir d'un parfum, c'est lui qui rouvre le souvenir — des *barges* de chanvre roui qu'on poussait à l'eau immergées sous leur charge de sable, que les paysans chevauchaient pieds nus et amarraient à la berge comme des radeaux — cessa pour jamais sans doute de me monter aux narines ce qui avait été pour moi longtemps, avec celle des feuilles mortes du peuplier, l'odeur même de l'automne.

☆

Villes qui ont poussé autour d'une résidence royale ou princière : Versailles, Chantilly : hautainerie (pour parler comme Montherlant) qui porte le gilet rayé, morgue de domesticité de grande maison. Point d'âme dans ces casernes et écuries, annexes de garde-robe ou de vénerie, hôtels de gentilshommes de la chambre, cités inconsistantes, éventrées de part en part par le pavé du roi. Ce sont les *communs* d'une valetaille qui, titrée ou non, frétille avec égalité dans l'attente du coup de sonnette. Y vivre me semblerait difficile : comment se loger, même au large, dans une conciergerie de château ?

J'ai erré cet après-midi trois heures dans le château et le parc de Versailles, poussé jusqu'au Hameau de la Reine et au Petit Trianon. Ce n'est pas au souvenir du Grand Roi que le château et le parc s'animent encore pour moi, c'est à celui des dernières années, celles de *Pauvre Jacques* et des bergerades sur fond de Carmagnole. Et la légende des apparitions de Trianon garde sa part de vérité — symbolique — la seule ombre qui hante vraiment Versailles reste celle de la Reine.

Rien de ces lourds, odorants, secrets et somptueux ombrages n'a existé du temps de Louis XIV, et sa fin de règne a dû à peine suffire à essuyer les plâtres du palais. Les plantations du parc, naines encore, en rangs serrés, gardaient, j'imagine, quelque chose de sec, de gourmé et de militaire, comme ces vues cavalières de batailles qui peuplent partout les salons. Un Versailles chauve, ou tout au moins tondu encore à l'ordonnance, plus près de Villandry que de Chambord. Mais en 1789 la patine était venue, les statues étaient tavelées, les arbres centenaires, la maturité achevée et parfaite — le point doré de périr se posait sur les frondaisons d'Octobre. La verdure féroce de l'Ile-de-France est partout ici inséparable de sa couleur complémentaire, et le pépiement des bosquets du déclic de la guillotine : palais non pas flétri, mais sacré par la cohue, et comme sombrement enchanté encore après deux siècles par l'heure que marquent ses horloges arrêtées.

☆

J'ai rouvert hier les *Mémoires Intérieurs* de Mauriac, et — association par contiguité bien naturelle — l'image de la route des Landes revient m'obséder. Jamais je ne l'ai prise — et je l'ai prise une demi-douzaine de fois — sans être habité du sentiment profond d'aborder une pente heureuse, une longue glissade protégée, privilégiée, vers le bonheur. Sentiment d'autant plus inexplicable que je n'aime guère ce vers quoi directement elle mène : ni le pays basque, ni la côte cantabrique, ni les Pyrénées atlantiques, qui m'ennuient. Sentiment pourtant qu'aucune route jamais ne m'a donné comme celle-là, de Soulac jusqu'à Hossegor, qui en est pour moi le terme privilégié. La chaleur, la lumière aquitaine un peu mouillée, claire dès le déclin de l'après-midi comme une vitre lavée, l'odeur apéritive, de liesse et de vacances, qu'est pour moi depuis mon enfance l'odeur de la résine, l'appel des longues lignes droites murées au loin par les arbres qui commencent après Vendays-Montalivet sont certes ingrédients du philtre qui me monte à la tête. Mais plus encore c'est une certaine discrétion apaisante de la présence humaine qui en fait le charme, et que la France n'offre nulle part ailleurs. Peu de maisons — si peu, et si desserrées, et plantées tellement au large et tellement à l'aise qu'elles ne dérangent même pas les arbres : de menus campements d'une nuit sous le couvert aéré qui auraient simplement troqué la tente pour la brique ou le torchis. La rue n'est pas née encore pour ces hameaux forestiers rudimentaires qu'on nommerait si bien des *écarts* — ni la clôture : la maison se pose à même l'herbe. Ni étable, ni charrue, ni charrette, ni tracteur, ni tronçonneuse, ni troupeaux sonnaillants et carillonnants : c'est ici le seul canton de la France où la vie rurale étouffe ses pas et efface son sillage : elle glisse chaussée de feutre sur le tapis d'aiguilles à la surface de la terre qu'elle ne creuse ni même n'égratigne ; au lieu du chantier ahanant, pétaradant et poussiéreux qui est la rumeur grinçante des géorgiques modernes, le travail de l'homme fait plutôt penser ici aux allées et venues espacées et silencieuses d'une ménagère dont la main glisse sur la surface des meubles familiers et les caresse sans les déranger : rien qu'un parc à demi sauvage qu'une tribu de sylvains clairsemée et presque invisible s'occupe au long des journées paresseuses uniquement de nettoyer, de renouveler et de rafraîchir.

Villages : l'odeur pulpeuse et aseptique du bois frais vous accueille dès les lisières ; les maisons se desserrent au fond de leurs jardinets comme un village d'Amérique.

Églises banales sous leur crépi blanc, qui datent à peine du siècle dernier. Antérieurs pourtant à la forêt, ces bourgs inoccupés qu'aucun retour des champs, aucun piétinement de troupeau, aucun marché n'éveille, sont comme des rendez-vous de défricheurs et d'essarteurs qui se seraient endormis sur la tâche, et que les arbres mal surveillés reviendraient serrer de trop près. Rien ici ne vient rythmer la journée, les heures glissent sur les bourgades sourdes et muettes sans les éveiller jamais, dirait-on, à une tâche, à une réunion, ou à une prière. L'épaisse torpeur végétale de la forêt pénètre de part en part les maisons des hommes, que leur matériau friable, brique, bois, ou torchis, défend plus mal qu'ailleurs contre le délabrement précoce, et l'Histoire aussi a glissé sur cette gâtine comme sur une savane, sans y laisser de repères ; sa solitude dormante est sans mémoire : nul pas illustre ne s'est empreint sur le tapis luisant qui cuirasse le sous-bois : rien jamais n'a marqué cette terre plus durablement que la chute silencieuse des aiguilles sur le sable, et le peigne vibrant du vent dans la ramure des pins.

Il suffirait de s'arrêter une heure, on le pressent, dans l'un de ces dortoirs engourdis de la forêt pour que l'épaisseur de l'ennui mauriacien se referme sur vous. Mais, au fil de la route, en fin d'après-midi surtout, quand le soleil déclinant et les ombres portées font de la route un clavier musical de touches sombres et claires, le sommeil végétal semble descendre sur ces bourgs silencieux plutôt comme une rosée qui les rafraîchit ;

la vacuité limpide qui tombe des heures et des saisons les habite seule, et on souhaiterait que ces pavots entr'ouverts au creux de la pinède, ces bourgades amies de l'oubli, alourdies par la sieste, empruntent leur nom seulement au cycle des mois et aux rythmes de la sève, comme ces villages canadiens modestes qui s'appellent Saint-Jacques-des-Bleuets ou Sainte-Rose-du-Dégel.

Pas de carrefours, ou presque, au long de cette route « des lacs » : aussi peu que le long d'une route corse, ou de ces routes suédoises du Vesterbötten qui courent sans affluent au milieu des sapins, luisantes et écailleuses, et d'un bleu à la fois de ciel et d'ardoise, pareilles à un Nil au milieu des sables. De temps en temps, vers la droite, une longue percée rectiligne s'ouvre et fuit vers les dunes ; on voit à quelques kilomètres la silhouette des pins se crêter surélevée contre le ciel plus clair, et le revers raide de la circonvallation figée ; l'œil glisse sur la face supérieure de la forêt soudain pentue, d'un vert plus clair et plus jeune que le plafond du sous-bois. Il y a quinze ans encore, certaines de ces percées routières, crevant après dix kilomètres le rideau des arbres, finissaient sans préavis en impasse devant le créneau d'une dune herbue qui crachait le sable en rafale entre les oyats avec un sifflement brutal ; le créneau franchi, sous une douche crue et meurtrière de lumière blanche, on voyait à ses pieds les rouleaux géants cataracter sur le sable désert à perte de vue, comme sous l'alizé d'une plage océanienne.

Nulle part en France les grands éléments naturels

— juxtaposés sommairement, étalés sans limites — ne se présentent comme ici en grandes masses simples et homogènes, d'une pureté qu'on dirait native, comme au long d'une mangrove d'Afrique ou d'une grève de Papouasie : pas un golfe, pas un rocher, pas une embouchure, pas une île, pas un phare, pas un champ, une saline ou une pêcherie, mais seulement la forêt, la plage, la mer. Un soir de septembre, alors que le soleil allait se coucher dans un ciel très pur, à peine arrivés au Pyla avec B., nous escaladâmes la grande dune, à cette heure-là et dans la saison avancée déjà absolument déserte. Il soufflait de la mer avec le soir un vent merveilleusement froid et revigorant. De la crête, arrondie comme un ballon vosgien, de la montagne de sable si pure et si blanche, on ne dominait à perte de vue, à droite, que l'océan bleu, à gauche, que l'océan vert. La dune, sous la grande brise de mer levée avec le soir, fumait comme un erg saharien et semblait arracher d'elle une à une, ainsi que des voiles translucides, les très fines pellicules de sable que le vent faisait glisser sans trêve sur elle, comme dans un vertige de nudité. Devant moi, je vis B. se déchausser et se mettre à courir, à courir à perdre haleine au long de la crête, les cheveux défaits, une aigrette de sable ailant dans le vent enragé chacune de ses chevilles, saisie par je ne sais quelle ivresse de l'étendue et de la virginité.

Le contournement du bassin d'Arcachon seul ouvre et referme une parenthèse d'ennui dans cette route heureuse : on dirait qu'un tropisme déréglé dépeuple la forêt et la côte enchantée au profit de cette morne conque de vasières qui ne se laisse ni approcher ni embrasser du regard. Quand on traverse Arès ou Andernos, on voit des avenues qui se branchent sur la route fuir vers les lisières de ce qui semble être un champ d'épandage mal ressuyé de l'inondation : des piquets, des paquets de ferraille rouillée, quelques *plates* avariées émergent de guingois des bancs de vase liquide comme de la lave d'un torrent après la crue ; un cirque de maisons, sur quarante kilomètres, fait la haie et se serre autour de ce vau-l'eau fangeux, comme pour retremper sa narine à la fermentation du marais originel.

Mais La Teste déjà a cessé d'être en vue et on pique de nouveau droit vers le sud ; le charme revient, un charme qui s'accroît et s'exalte de la longue monotonie de la route ; le même, et pourtant subtilement changé. Le sentiment dominant du voyageur a été jusqu'ici celui d'un parc sylvestre, lumineux et riant, largement percé. Maintenant se fait entendre dans le paysage une note plus ample et plus grave, que l'oreille surprend déjà dans le nom de *Grandes Landes* par lequel on désigne le massif le plus épais et le plus compact, le recès central du labyrinthe, et vraiment le cœur de la forêt. Non pas tant une forêt que plutôt une province des arbres, ce que les Anglais appelleraient *woodland* ; tout comme on longe, dans une plaine cultivée, des champs d'avoine ou de maïs, de lin ou de betteraves, dont le niveau et la coloration varie avec chaque espèce cultivée, on navigue ici entre des parcelles — mais des parcelles géantes, de l'ordre du kilomètre carré — où le pin s'offre en nappes égalisées à perte de vue selon les différents degrés de sa croissance, depuis le sable fraîchement calciné par le dernier incendie jusqu'à l'ancêtre à bout de sève, sec et tordu comme un sarment, en passant par les semis qui moutonnent d'un vert tendre, les campements de jeunes sujets déjà éclaircis, alignés à l'ordonnance comme les tentes d'un bivouac, et les adultes en pleine force, exhibant partout les stigmates du travail. Non pas le chaos verdoyant de la sylve originelle, mais une sévère et rigide société d'arbres, matriculée et regroupée par classes d'âge, où on circulerait comme dans une Sparte forestière et ségrégationniste, et qui présenterait juxtaposés par grandes masses tous les aspects et tous les âges de la vie de l'espèce élue entre la naissance et la mort. C'est ici la Cité des Pins, marquée par quelque chose de conquérant, de régulier et de militaire — élevée, recensée, régentée, embrigadée pour lancer ses cohortes et ses manipules à la conquête du pays des sables.

Ainsi on traverse, vers Sanguinet et Parentis, comme le col faîtier d'une chaîne d'où la vue s'étend au loin — plus désert qu'ailleurs, troué d'immenses carrés vides qui semblent des places d'armes, gréé pour les vents et tout balayé de la rumeur hautaine de la mer — ce massif central de la solitude où l'espace est plus aéré, le soleil plus brutal, les étangs plus vastes, les hameaux plus perdus. Dès qu'on aborde le pays de Born, la forêt perd de sa régularité, de sa rigidité distante ; la grande armée desserre ses rangs et laisse du jeu à son ordonnance sévère, comme une légion nordique qui descend fourrager dans un pays de vignes. La bourgade au nom charmant de *Lit-et-Mixe* égrène au long de la route, tout coi sous les chênes, son chapelet de maisons. Les chênes plus nombreux ombragent de leurs tentes basses de petites pelouses d'un vert cru, des clairières exiguës s'ouvrent dans la pinède, où poussent çà-et-là un champ de maïs, quelques rangs de vigne des sables ; la lumière chaude et mouillée de la Lusitanie baigne déjà les marges méridionales de la forêt dont la masse maigrit et s'effile. Lumière jaune et fruitée, et ici d'une très grande douceur, lorsqu'elle filtre à travers les branches à la fin d'une chaude journée d'été, étoilant les gazons comme aucune autre. Nulle fin d'étape n'est plus reposante et plus paisiblement amicale que celle où le lac d'Hossegor est en vue et où ses calmes villas, qui se dévisagent à travers l'eau sous les branches, vous accueillent comme un village qui prend le frais assis à la brune sur ses seuils.

☆

De Hossegor à la pointe de Grave, j'ai roulé pendant quatre heures à travers la forêt landaise, sous un ciel gris. Le silence de ces friches pénètre jusqu'au cœur des villages : assis un moment dans leur torpeur, à la terrasse d'un des petits cafés perdus, il semble qu'on entende pousser les branches. Ni passant dans les rues, ni bétail, ni tracteur, ni bruit de charrette : de temps en temps seulement, un camion chargé de bois en grume cahote dans la trouée de la forêt et évacue au fil de la route le trop-plein de cet énorme vivier d'arbres — charroi presque naturel, à peine humain, comme l'eau monotone qui cascade par le déversoir du lac.

☆

Riante, allègre solitude du plateau de *Millevaches* : ruisseaux clairs et jaseurs, pentes de bruyères mauves, bois ensoleillés, petites routes qui ne sont que des sentiers asphaltés et méandreux au milieu du parc à peine sauvage. Ni hommes, ni maisons, ni champs, ni bétail, rien que le bruissement léger de l'eau sur les pierres, un air remué, un horizon proche mais toujours aéré — un *haut pays* déjà, émergeant au-dessus de la zone cultivée aussi nettement qu'un île de la mer. Mais sans âpreté, sans mélancolie aucune, tout entier vie naïve et réclusion aimable dans la fraîcheur du soleil et dans le tintement de l'eau. La pensée du Jardin perdu, chaque fois qu'elle se laisse pressentir, est liée pour moi tenacement à cette impression d'éclosion modeste et argentine : en circulant à travers de tels paysages, toute la journée, on dirait qu'il est dix heures du matin.

☆

Villages sans caractère de la plaine du Roussillon : bâtisses aux chiches ouvertures, crépies d'ocre ou de rose délavé, collées l'une à l'autre comme les maisons d'un village de Lorraine, rues sans trottoirs. C'est la plaine toute entière qui est un jardin, les maisons s'en passent : pas de fleurs au long des rues, peu de verdure ; une haleine vineuse de cave sort de ces aîtres frais et enténébrés.

Couloir du *Fenouillet* : au sud, les lourdes molaires crénelées s'enrochent dans leur gencive de garrigues ; au nord s'enlève tout droit l'arête calcaire des Corbières, plissée et côtelée comme un éventail : dans une échancrure, coiffant la dent de scie d'un éclat de roche, l'échauguette vertigineuse de Queribus. Après la montée de Quillan, la trouée s'élargit en une spacieuse coulée herbue balayée par le soleil couchant ; tout au fond, le haut donjon carré de Puivert ; partout déjà, l'herbe d'un vert profond et les fougères de l'Atlantique.

Les Albères : balcon de la tour de *Madeloc* ; à trois cents mètres de la côte, les montagnes sont une solitude crépue et parfumée ; parfois, d'un tournant de la route étroite, l'œil plonge presque à la verticale sur un val désert et perdu, où deux ou trois toits de tuiles roses sont acagnardés dans les tigrures de la garrigue comme des carapaces de tortue.

Ce sont ici les montagnes d'une Méditerranée sans cigales, et sans ces odeurs cireuses et balsamiques qui montent du maquis : une vue du Midi sous verre où le soleil ne lève pas ce crépitement d'élytres et ces remous épicés dans lesquels on se meut comme dans un bain. Il manque je ne sais quel condiment de base à cette nature, plaisante à l'œil, mais insipide; la côte de Catalogne entre Tortosa et Tarragone m'a laissé le même souvenir sans parfum.

☆

La semaine dernière, tandis que je regardais le paysage à travers les vitres du train de banlieue qui m'emmenait déjeûner à Saint-Germain-en-Laye, le mot *voyage d'hiver* est venu rappeler dans mon souvenir et dans mon imagination tous ses charmes. Mot magique, toujours lié pour moi, pour je ne sais quelle raison, à l'Allemagne, toujours préféré sous sa forme germanique de *Winterreise*. La neige fondait, ne laissait plus au creux des labours que des lignes blanches sinueuses et discontinues comme des lignes d'écriture, les lointains à trois cents mètres se perdaient dans l'air gris du dégel. Je voyais défiler devant moi les villas trempées du Vésinet et du Pecq au fond de leurs jardinets de brindilles noires, les avenues vides et mouillées entre les grilles que rien d'autre n'éveillerait au long de la journée que l'égouttement des branches, le terreau huileux des carrés de légumes gelés, puis la terrasse de Saint-Germain avec la pente de ses jardins filigranés de neige, la longue barre grise de l'esplanade au-dessus des taillis violets, la Seine sans couleur et la rive plate en face comme un morceau de steppe mangé par le brouillard. Le sentiment d'une intimité tendre montait de cette banlieue morfondue et recueillie. J'imaginais un couple d'amoureux caché au fond d'une des villas enterrées par l'hiver, trompé par l'heure incertaine du crépuscule de neige, écartant d'une main frileuse le rideau d'une des croisées et regardant les branches mouillées, le silence d'ouate, les buis chenillés de neige, la boîte aux lettres rouillée accrochée à la grille du jardin où un coin de papier blanc déjà trempé indique seul que la matinée est avancée. Ce n'est pas le jour — rien ne bouge, rien n'est réel — ce n'est que le passage d'une douce insomnie ; la main qui soulevait le rideau retombe, le corps un instant désuni retourne à sa source au fond de la tanière du lit défait ; de tout le jour rien ne bougera plus que sa marée soulevée, puis étale, sous la lumière grise de la neige immobile au plafond.

D'où vient le charme de ces étapes sous un ciel gris, dans la lumière courte, à travers une terre effacée par la neige et la brume, immatérielle, presque allusive ? Sans doute de ce qu'en cette saison la cellule humaine habitée : la maison, l'hôtel, la petite ville, s'y resserre et s'y calfeutre fortement contre la ténèbre hostile : chaque ville où on entre, chaque porte poussée, après le vide froid et noir du crépuscule, fait jouer sur la chaleur et la lumière une serrure magique, peut projeter au milieu d'un conte de Noël. On va de foyer en foyer au travers de la terre morte et recueillie, l'âme attiédie déjà par le dégel tendre de l'étape, comme un nomade de point d'eau en point d'eau.

☆

Fin d'octobre. Il n'a pas plu depuis quatre mois. Au jardin, les feuilles des arbustes pendent toutes droites et languissent après la pluie ; tous les massifs sont en fleur comme au plein de l'été. Depuis la mi-septembre, l'automne a été une magnifique succession de journées chaudes ou tièdes, transparentes, gorgées, infusées de soleil jaune.

Avant-hier, revenant de Paris en voiture, je déjeûnais dans un petit « relais » en plein champ, proche d'Ouzouer-le-Marché : devant moi, par la fenêtre, je voyais se déployer jusqu'à l'horizon un vaste pan de Beauce verte et jaune, sans un arbre, sans une haie. A deux kilomètres, la lisière d'un village, sans doute un de ces hameaux beaucerons murés, revêches, désertés, plus sinistres encore quand on les traverse sous le soleil, mais qui, battu directement qu'il était par l'écume verte et fleurie, me paraissait dans le lointain de l'étendue plein de charme. Plus loin encore, à cinq ou six kilomètres, une lisière de forêt. Rien ne bougeait, que le grésillement doré de la légère brume ; l'œil se nourrissait de la seule succulence de la lumière ; il semblait qu'on entendait le soleil se déplacer.

De telles saisons, de pareilles journées, si tardivement aventurées et menacées, ensorcelantes et pourtant sereines, évoquent le climat éperdu et condamné de l'amour et donnent l'envie d'inverser le vers de Baudelaire : *ô femme dangereuse, ô séduisants climats !* La terre apparaît touchée au front de quelque signe de majesté : ce sont bien les royaumes de la terre, tout poudroyants de la couleur de l'or, et l'homme les visite, les dénombre et les engrange, inépuisablement.

☆

Le Raz. Quand je le vis pour la première fois, c'était par une journée d'octobre 1937, qui fut en Bretagne (c'était mon premier automne armoricain) un mois exceptionnellement beau. J'avais pris le car à Quimper ; il se vida peu à peu au hasard des escales dans les écarts du pays bigouden. Après Plogoff, nous n'étions plus que deux voyageurs ; nul n'avait affaire au Raz ce jour-là que le soleil qui devant nous commençait à descendre : il y avait dans le déclin de la journée dorée, comme presque toujours dans l'automne du Cap, déjà une imperceptible suggestion de brume. La lumière était, comme dans le poème de Rimbaud, — et comme je l'ai revue une fois avec B. en septembre sur la grève de Sainte-Anne-la-Palud — « jaune comme les dernières feuilles des vignes ». Le car allégé s'enleva comme une plume pour attaquer l'ultime raidillon qui escalade le plateau du Cap — alors indemne d'hôtels et vierge de *parking* — et tout à coup la mer que nous longions depuis longtemps sur notre gauche se découvrit à notre droite, vers la baie des Trépassés et la pointe du Van : ce fut tout, ma gorge se noua, je ressentis au creux de l'estomac le premier mouvement du mal de mer — j'eus conscience en une seconde, littéralement, matériellement, de l'énorme masse derrière moi de l'Europe et de l'Asie, et je me sentis comme un projectile au bout du canon, brusquement craché dans la lumière. Je n'ai jamais retrouvé, ni là, ni ailleurs, cette sensation cosmique et brutale d'envol — enivrante, exhilarante — à laquelle je ne m'attendais nullement.

Auprès du Raz, la pointe Saint-Mathieu n'est rien. Quelques années plus tôt — en 1933 — parti de Saint-Ives, j'avais visité avec L. le Cap Land's End en Cornouaille. Il ne m'a laissé d'autre souvenir que celui d'une vaste forteresse rocheuse, compliquée de redans et de bastions, qui décourageait l'exploration du touriste de passage. Un *château* plutôt qu'une pointe, comme on voit dans la presqu'île de Crozon le château de Dinan, mais plus spacieux — moins un finistère qu'un confin perdu et anonyme, trempé de brume, noyé de solitude, enguirlandé, empanaché de nuées d'oiseaux de mer comme une île à guano.

Ce qui fait la beauté dramatique du Raz, c'est le mouvement vivant de son échine centrale, écaillée, fendue, lamellée, qui n'occupe pas le milieu du cap, mais sinue violemment en mèche de fouet, hargneuse et reptilienne, se portant tantôt vers les aplombs de droite, tantôt vers les aplombs de gauche. Le plongement final, encore éveillé, laboure le raz de Sein comme le versoir d'un soc de charrue. Le minéral vit et se révulse dans cette plongée qui se cabre encore : c'est le royaume de la roche éclatée ; la terre à l'instant de s'abîmer dans l'eau hostile redresse et hérisse partout ses écailles à rebrousse-poil.

Depuis, je suis retourné quatre fois au Raz. Une fois, avec le président du cercle d'échecs de Quimper, nous y conduisîmes Znosko-Borovsky, célèbre joueur d'échecs, que nous avions invité dans notre ville pour une conférence et une séance de simultanées ; avec sa moustache taillée en brosse, il avait l'air d'un gentil et courtois bouledogue. Je ne sais pourquoi je le revois encore parfaitement, silhouetté au bord de la falaise, regardant l'horizon du Sud : il y avait dans cette image je ne sais quoi d'incongru et de parfaitement dépaysant. Il ne disait rien. Peut-être rêvait-il, sur ce haut lieu, à la victoire qu'il avait un jour remportée sur Capablanca.

Chaque fois que j'ai revu la pointe, c'était le même temps, la même lumière : jour alcyonien, calme et tiédeur, fête vaporeuse du soleil et de la brume, « brouillard azuré de la mer où blanchit une voile solitaire » comme dans le poème de Lermontov. Chaque fois c'est la terre à l'endroit de finir qui m'a paru irritée, non la mer. Je n'ai vu le Raz que souriant, assiégé par le chant des sirènes, je ne l'ai quitté qu'à regret, en me retournant jusqu'à la fin : il y a un désir puissant, sur cette dernière avancée de la terre, de n'aller plus que là où plonge le soleil.

☆

Ile de Ré. Protégée de l'industrie par son bac, et de la falaise bétonnée des *ensembles* côtiers par ses dunes, dont les Domaines ne se dessaisissent pas encore, elle est aujourd'hui comme une réserve sauvegardée de l'ancienne France rurale, un parc cultivé, élégant, harmonieux, modeste, consacré à la vigne, à la tuile, au figuier, à la soyeuse et pure lumière charentaise, la seule que je connaisse qui semble à la fois africaine et mouillée. Par une claire journée de septembre j'ai traversé ses bourgs petits et silencieux, blancs et roses. Sur la galette plate de l'île pointaient seulement les amers de ses clochers ; la lumière de midi, qui m'est d'habitude si hostile, ne pesait pas, mais dansait légère sur les vignes ; par intervalles, le cran figé d'une Méditerranée d'un bleu de lessive était en vue entre les pins. La route longeait des maisons basses crépies de blanc grenu, qui semblaient couvertes des tuiles chaulées des parcs à huîtres ; elle côtoya une petite ville coite et vide, blasonnée ainsi qu'une capitale derrière ses bastions herbus et armoriés qui lui faisaient comme à Brouage un empois de dentelle plutôt qu'un rempart. Puis elle replongea dans les vignes, et bientôt le désert aimable du finistère de l'île fut en vue : un phare, un revers de dune, un bois de pins, et l'attirant village de *Saint-Clément-des-Baleines*, dont le nom faisait je ne sais pourquoi dans mon imagination le cliquetis exotique d'un muséum d'ossements récurés, et où j'espérais vaguement voir pendre en guise d'enseigne au-devant de l'estaminet et de l'épicerie — comme dans le Nantucket de Melville — des vertèbres et des mâchoires de cachalot.

☆

Nantes. Je feuillette un recueil d'anciennes photographies de la ville, au temps où j'étais pensionnaire au lycée. S'il est une ville dont la forme ait changé plus vite que le cœur d'un mortel... Mais « fourmillante cité, cité pleine de rêves » pour moi, oui, toujours ! J'ai davantage rêvé là, entre onze et dix-huit ans, que dans tout le reste de ma vie : que faire d'une vie commencée de vivre si irrémédiablement sur le mode de l'*ailleurs* ?

J'ai retrouvé une à une dans mon souvenir les impasses grises où venaient buter les « promenades » sinistres du jeudi et du dimanche : terrains vagues, dépôts de tramways, banlieues hébétées, verdures lépreuses avec vue d'usines, champs de courses déserts : Pont-du-Cens, La Morrhonière, le Petit-Port, Saint-Joseph-de-Portricq, Route de Vannes, Prairie de Mauves, Pont Rousseau. Lieux sans joie, échouages boueux, minables lisières où nous piétinions en rond l'herbe gelée comme des chevaux à la longe, en attendant l'heure du retour. Toujours, à l'horizon, on avait la Ville, inaccessible et pourtant offerte, amarrée à ses clochers, avec ses grottes, ses cavernes aux trésors, ses merveilles défendues, et de l'autre côté la libre campagne, le vert paradis des vacances, ensoleillé et interdit : nous restions englués à cette frontière morfondue, petits errants vagues battant la semelle et mordus par les engelures, petits singes d'hiver tout envieillis par leurs uniformes nains — séparés, rejetés, échoués.

☆

Sessenheim. Pourquoi, en roulant vers le village (j'ai fait deux cent cinquante kilomètres rien que pour le visiter) et en fait pendant toute la journée, n'ai-je pu penser qu'à Goethe et à cet épisode de Frédérique Brion, sur lequel les détails manquent, et où rien en apparence n'aiguillonne l'imagination ? Alors que les autres amours de Goethe m'ennuient et que je ne leur aurais pas consenti un détour d'une demi-lieue. C'est l'explosion printanière qu'on y pressent — unique dans une vie et qui jamais ne reviendra, — qui sacre exemplairement cette brève aventure : vingt ans, la force neuve, la famille quittée, la liberté ivre, le monde qui s'ouvre en deux devant la chevauchée, le jardin d'Éden de l'Alsace tout entier soudain où s'ébattre. Cet amour-là, on s'en assure — le seul dans la vie du génial philistin — n'a pas été pédagogique : il ne songeait pas ici à s'emmagasiner.

Le village est morose, sans vie et sans beauté ; la campagne plate est celle, ingrate, des cailloutis du Rhin. La forêt a été abattue, le presbytère reconstruit ; il reste du temps de Goethe quelques rares bâtisses à colombage, le temple protestant et le petit tertre (Frédérique *Hügel*) artificiel et planté d'arbres, avec le pavillon de bois qu'on appelle la Gloriette. Dans le *Mémorial Gœthe,* pas d'autre vestige de l'épisode de 1771 que le menu profil découpé en ombre chinoise de Frédérique, la suscription de sa main d'une lettre adressée *à Monsieur, Monsieur Goethe, à Strasbourg,* et le petit livre-souvenir d'enfant que son frère faisait signer aux visiteurs : cendres légères et volantes. Après quelques allées et venues incertaines dans les ruelles vides, j'ai quitté ce lieu épuisé. Les grâces modestes de Sessenheim se sont consumées en une fois dans une flambée trop forte ; depuis deux siècles ici, pour quiconque le visite, « le printemps adorable a perdu son odeur ».

☆

Saint-Hippolyte. Du balcon de ma chambre, vers l'ouest, la vue plonge dans les vignes, un *compact* de vignes sans une lacune jusqu'à mi-pente des collines — vignes taillées hautes comme des espaliers, et qui peuvent cacher un homme : au long de la Route du Vin qui y sinue invisible, les voitures apparaissent et disparaissent au gré des palissades vertes. A droite, à gauche, tout près, presque à portée de cri, les clochers de brique des deux villages voisins pointent chacun derrière l'épaule d'une colline vineuse. Au-dessus des vignes, et sans transition, la forêt, et les rondes et noires petites montagnes dont l'une, juste en face de ma fenêtre, porte haut à sa cime le donjon vernissé de neuf du Haut Koenigsbourg. La coupure nette des zones étagées, l'échelle riante et toute humaine des distances et des altitudes, qui accorde au paysage l'ampleur sans le grever de l'incommodité, la sonorité, la transparence de l'air, l'étalement sous les yeux, voluptueux et pentu, du paysage lisible de haut en bas comme une carte, l'amorce des petits sentiers qui vont entre les vignes et d'où monte une suggestion de sécheresse, de succulence et de chaleur, — tout, du glacis fortuné que j'ai sous les yeux, concourt étrangement à faire ressurgir de ma mémoire les premières pages des *Falaises de Marbre*. Pendant une heure de paix glorieuse, j'ai regardé du balcon le soleil plonger, puis le jour s'éteindre derrière les sapinaies du cône du Koenigsbourg : soir plus léger qu'ailleurs de l'automne du pays des vignes, plongement sans mélancolie d'un soleil épuisé, asséché jusqu'au dernier rayon par les grappes mûrissantes.

☆

Plaine du Rhin vers *Neuf Brisach* : les galets ronds de la plage d'Étretat ou de Dieppe roulent sous le pied au travers de l'herbe souffreteuse ; çà-et-là des fourrés de saules, des peuplements d'arbustes nains s'étirent en traînées rêches sur la caillasse d'un gris blanc. Un épais remblai de galets ferme la vue ; on l'escalade : on voit à ses pieds le Rhin — l'eau du Rhin plutôt, dévoyée et encanaillée — qui coule au creux d'une auge de ciment gris aux bords déclives, comme si on venait de mettre en eau un gigantesque fossé antichars. Rien de disgracié comme ces laisses fluviales asséchées, haillonneuses, qui appellent les détritus et la décharge publique et qui semblent provoquer le *bull-dozer* : en remontant vers le nord, partout, les labours industriels éventrent et retournent la gravière déshéritée ; partout des routes neuves, des remblais, des terrassements, des terre-pleins d'écluses. D'être né au bord de la Loire angevine me vaut une surprise naïve et encore scandalisée chaque fois que je rencontre un de ces fleuves âpres ou furieux qui jettent des pierres dans les jardins et dont le lit trop large de mauvais coucheur est faiseur de solitude : le Rhône, qui m'a tant surpris quand je l'ai vu la première fois, la Loire même, vers Cosne ou Briare, ou, en Amérique, le Mississipi.

☆

Sévères et amples paysages du val de Loire en amont d'Orléans. En fait, il n'y a plus de val ; rien qu'un plateau à blé à peine déprimé ; une Beauce nue aux épaisses fermes murées fait la haie le long du fleuve exsangue et mangé de grèves râpeuses, au bord duquel nul peuplier ne frissonne et qui coule au ras des épis. Dès qu'on a passé Orléans en direction de l'Est, vers Jargeau, Chateauneuf, Sully, quelque chose d'informe et de non modelé altère le paysage précis et calibré du Blésois et de la Touraine : il y a là tout un arrière-pays confus, resté à l'état d'ébauche, un champ d'épandage de la Loire plutôt qu'un val. Ni vigne, ni fleurs, ni tabac, ni osiers ; l'austérité, la rigueur, la monotonie des façons culturales dépaysent brusquement ce fleuve femelle ; remplacées par les guérets la voilure bougeante des peupliers, la fourrure des saules, la dentelle végétale sensuelle de ses rives, il donne l'impression bizarre de couler nu.

Un été lourd, orageux, semble peser sur ces campagnes chaque fois que je les traverse, toujours surpris d'y retrouver devant moi tout à coup, à l'angle d'un pont suspendu vieillot, cette Loire campagnarde qui s'acoquine ici un moment avec les glèbes venteuses et hivernales du nord : le Rethélois, le Tardenois. Une tristesse calviniste enserre Jargeau et ses rues engourdies ; posée de biais au bord du fleuve, précautionneusement, comme au bord des divagations d'un arroyo nègre, la petite ville s'ennuie et semble n'avoir avec lui nul commerce ; sa vraie façade est sur les champs de grande culture vers lesquels elle tourne ses élévateurs à grains et ses trémies à engrais. Quittés les déserts nus d'orge et de betteraves où la Loire se traîne avec dépit comme une femme rebutée, la fraîcheur des lambeaux de la forêt d'Orléans vers Fay-aux-Loges est comme une oasis verte. Au-delà, piquant le ciel de loin au ras des blés comme à Chartres, le clocher de Pithiviers, trop élancé au-dessus d'une nef trop plate, pareil à une longue aiguille dont le chas aurait glissé vers la pointe.

☆

Film italien de Bertuccelli. Village de la plaine du Pô, silhouetté de loin au-dessus des champs de maïs, trop volumineux pour son contenu, avec le *groupé* théâtral et la perspective emphatique d'un décor d'opéra. Aspect ample et ruineux des rues et des placettes vides, fraîcheur spacieuse, humidité moisie, inconfort ample et délabré des maisons qui prennent, même les plus misérables, un faux air de palazzo désaffecté : tout à coup je retrouvais dans ces perspectives de rues à arcades et ces murailles tachées de lichen où paraît encore quelque noblesse pourrissante toute l'Italie habitée, et si mal habitable, de ma surprise, telle qu'on ne l'imagine et ne l'attend pas, d'une pénombre de cave sous le plein soleil, nue, vaste et quadrangulaire, avec le froid térébrant de ses arcades et de ses pièces de marbre aux coins verdis de moisissure, démeublées comme une saisie.

☆

L'*eucalyptus* : Chlorophylle cornée, parcheminée, feuillage *réduit* comme un crâne jivaro, limbe qui semble desséché, décoloré dans le sel, le natron et le bitume de Judée — odeur cireuse et liturgique qui sort d'une officine d'embaumeur — arbre momie dont tombe partout en lambeaux autour du tronc la charpie des bandelettes rongées.

Les *ormes* d'Amérique, dans les rues de la petite ville que j'habitais, avaient partout le jaillissement, la grâce robuste et la vigueur du jet d'eau : l'impétuosité de la sève les roidissait vers le haut comme un tuyau la pression : ainsi font partout dans ses tableaux les arbres de *Dunoyer de Segonzac*.

Il reste à dire sur le *pin* après le remarquable et aigu *Carnet du bois de pins* de Francis Ponge (il restera toujours). Sa relation vitale avec le sol sableux qu'il natte, feutre, stérilise et désherbe, afin que rien ne se perde dès le collet, de la grâce exotique et japonaise qu'a parfois la torsion capricieuse du tronc. Comment il utilise la jonchée sans couture autour de lui de ses aiguilles : à la manière d'un miroir qui renverrait et répercuterait non son image, mais sa chaleur et son odeur torréfiée ; ainsi le sol lustré, cuirassé par lui est pour son essence résineuse et odorante ce qu'est à une plante aquatique le miroir d'eau qui exalte sa verticalité. Imaginons, pour preuve *a contrario*, un pin au milieu d'un labour — bouleversée la petite clairière rituelle, stérilisée, lisse et sèche qu'il moquette autour de lui — et se tordant nu vers le soleil, pareil à un musulman sans son tapis de prière.

Le *peuplier* : l'odeur jaune, odeur *passée* comme passe une couleur, un peu sûrie, un peu poussiéreuse de ses feuilles sur les prairies du bord de la Loire, en septembre, a été pour moi l'odeur même de l'automne commençant : je la respirais chaque année, enfant, quand nous allions l'après-midi en promenade vers le Marillais pour la fête de l'*Angevine*, qui est le 8 septembre. Tous les *jaunes* du peuplier, du jaune flamboyant, immatériel et spectral d'octobre, au miel brun-doré, vernissé et poisseux des gros bourgeons d'avril qui se déplissent, sont sans exception des jaunes de Gauguin.

☆

Entre 1942 et 1946, j'ai longuement parcouru à pied la Basse Normandie : je travaillais à une thèse de géographie physique. Le charme de ces lents voyages à l'aventure était grand. A Caen, au temps de l'occupation allemande, en dehors du jeudi et du vendredi, où tous les professeurs, qui venaient de Paris, avaient groupé leurs cours, les Facultés dormaient pesamment : j'étais, je crois bien, avec H.C. qui tenait la chaire d'histoire contemporaine, le seul enseignant résident : dès que j'avais terminé les travaux pratiques et les études de cartes, le cours sur l'*Australie* du vendredi matin qui ramenait chaque semaine fidèlement mon unique étudiante, je bouclais mon sac à dos et je partais sur les routes : mes étapes étaient de vingt-cinq à vingt-huit kilomètres, parfois trente. Rien n'était vacant et ouvert, accueillant au piéton, comme les routes de la France occupée — désertées, on eût dit, par l'effet d'un charme, engourdies et rêveuses comme je ne les ai jamais vues, et toutes bordées d'un inconfort stimulant que la société d'abondance de 1970 rend difficile à imaginer : les *restrictions* pesaient de tout leur poids, la pénurie ingénieusement contournée rendait son nerf et sa saveur à la faim, à la soif, à la fatigue. Rien ne me rappelle mieux le climat de ces pérégrinations que la vieille chanson du Valois citée par Nerval dans *Angélique* :

> *Courage, mon ami, courage !*
> *Nous voici près du village !*
> *A la première maison*
> *Nous nous rafraîchirons.*

elle a l'allure de ces *refrains niais, rythmes naïfs,* familiers à Rimbaud le trimardeur, qui prennent possession sans résistance de l'esprit gymnastiqué par le pas de route, vers la fin des monotones heures de marche — je sens ressurgir de mon souvenir la tranchée des maisons flanquant enfin la longue perspective de la route, le vide assommé, la torpeur paysanne de la rue *quand le clocher sonne douze*, la chaleur grésillante assise sur les haies, le *bourdon farouche* des mouches de l'été, oublié de notre époque aseptique, mais resté accroché lui aussi aux poèmes des *Illuminations* comme un battant de cloche, les coqs déchirant seuls la longue vacuité méridienne, l'odeur désertique de la poussière et du blé battu debout comme un homme au vantail des granges béantes, celle, anticipée, du pain chaud, avec la fraîcheur de caverne du carreau lavé assiégeant déjà les tempes et les narines, le trottoir plâtré de soleil entre les façades grises où on chemine ses derniers pas comme un vagabond désœuvré devant les fenêtres silencieuses et tapies qui ruminent.

A marcher ainsi seul sur les routes, une imprégnation se fait du pays traversé — mieux même que de ses bruits et de ses odeurs : de sa respiration, de sa sonorité — qu'aucun autre mode de locomotion ne permet : entortillé dans le paysage ainsi que dans les *fils de la Vierge* de septembre, on emporte avec soi comme un pollen quelque chose de sa substance qu'on s'incorpore. Non pas un mot seulement, mais presque toute une conversation surprise derrière le mur en passant au seuil d'un jardin, non pas le juron d'un charretier, mais le dialogue plus intrigant avec sa bête — à demi parlé, à demi mimé — d'un conducteur de carriole qui monte une côte. La fatigue agit comme le fixateur sur l'épreuve photographique ; l'esprit, qui perd une à une ses défenses, doucement stupéfié, doucement rompu par le choc du pas monotone, l'esprit bat nu la campagne, s'engoue tout entier d'un rythme qui l'obsède, d'un éclairage qui l'a séduit, du suc inexprimable de l'heure qu'il est. Comme j'ai aimé, tout au long d'une fatigante journée de route, seulement garder dans les oreilles la modulation du chant du monde, seulement voir le soleil monter, puis descendre sur la terre, et les *petits pas d'homme,* lointainement amicaux, inintelligibles, bouger sur elle faiblement, comme des fourmis ! Dans la vallée du Laizon, dans cette rainure perdue et riante, pleine de branches et de masures à colombages, qui s'enfonce dans le plateau vaste aux labours nus, un matin de mars, à dix heures, le givre était sur toutes les branches, étincelant ; la tombée de soleil avait cette prodigalité diffuse, cette manière d'imbiber, de pénétrer, de pleuvoir en nappe, que les éclairagistes de cinéma appellent *flood,* et faisait des seuils des chaumières écailleuses et filigranées soudain autant de tonnelles accueillantes de l'été — sur le rebord du plateau, juste à hauteur de mon regard, un lièvre détalait le long d'un labour : rien n'était jeune comme ce soleil de dix heures, relevé mieux que d'un alcool par une faim de chasseur, et par la saveur anticipée du café chaud. Un autre matin, j'avais quitté Trun de bonne heure, je montais la côte qui mène à la sortie du village vers Argentan, la lisière de la forêt de Gouffern était en vue — au-dessus de la large banquette déclive de terres labourées qui la précède s'étendait ce jour-là non pas un ciel blanc, mais un ciel de cris, un hosanna de cris éperdus qui pleuvaient d'un congrès d'alouettes invisibles, un chœur égosillé de minuscules stylites perchées chacune au sommet de sa colonne d'air. Et, dans un repli de la vallée de la Laize, j'ai longé plus d'une fois, l'oreille fascinée, le bouquet de hauts arbres où se tenaient à l'écart d'autres conciles, criards, caverneux, rituels, immémoriaux sur les branches des chênes comme au temps des druides du gui, ceux des noirs pélerins de l'*armée étrange aux cris sévères* : Rimbaud *revient* partout sur la route, Rimbaud est né, s'est éveillé sur le grand chemin. Seul. Maintenant c'est fini. Une écoute s'est rompue. Claudel quelquefois en rattache le fil cassé : *Le jour blafard éclaire la boue des chemins.* La route est un rail entre des barrières : on coulisse dans un tunnel d'essence brûlée.

La guerre aussi a fait de ces carnets de route un ossuaire. Les villages pour une part ont survécu, mais des bourgs que j'ai traversés, dont le pavé a sonné sous ma canne ferrée, il ne reste rien, sinon des cartes postales jaunies que se disputent sans doute les collectionneurs. Je les ai vus, respirés : avant 1944, bougeants et naïfs, puis, en 1945, en ruines — l'année suivante, en 1946, d'Aunay sur Odon, il ne subsistait plus que quelques muretins nettoyés et soigneusement écrêtés, au milieu d'un pré vert comme une pelouse anglaise : une pancarte blanche piquée dans l'herbe, à un carrefour de routes, portait le nom du village et marquait l'arrêt du car. J'ai retraversé depuis en voiture ces bourgs reconstruits, blancs et nets, éventrés de *parkings*, bétonnés, spacieux, glacés : les habitants eux-mêmes, qui repeuplaient pourtant les alvéoles des avenantes petites casernes, semblaient avoir changé. Mes souvenirs de Normandie sont morts jeunes ; ils sont sous la terre, les pommiers eux-mêmes disparaissent un à un — tard venus, dit-on, au XVIe siècle, ils s'en vont déjà ; les « fossés » s'éboulent, le bocage s'éclaircit — autour de moi non seulement la forme des villes, mais la face même de la terre a changé : bientôt, de ce que j'ai regardé de tous mes yeux avec une amitié, une complicité si grande, il ne restera rien. Laissons ces jérémiades. Le *sein maternel* de la terre après tout n'a pas été garanti inaltérable à notre génération, ni le repos dernier à l'ombre des arbres plantés par les aïeux.

Il y a dans le *Grand Meaulnes* d'Alain Fournier une notation qui me plaît beaucoup : quand Meaulnes s'échappe avec la carriole pour aller chercher les parents à la gare. « A deux heures, il traversa le bourg de La

Motte. Il n'était jamais passé dans un petit pays aux heures de classe et s'amusa de voir celui-là aussi désert, aussi endormi. C'est à peine si, de loin en loin, un rideau se leva, montrant une tête curieuse de bonne femme ». On y lit la petite mort inquiétante des bourgs aux heures ouvrables, la suspicion, la guette invisible et tendue de la campagne, les yeux qui de loin suivent, supputent, interprètent la petite ombre qui va seule sur le chemin sans que sur elle aucun nom encore se pose, et qui se la confient l'un à l'autre, à bout de vue, comme les relayeurs leur bâton.

Je n'aime pas le négligé, le débraillé ostentatoire des *hippies* qu'on rencontre maintenant quelquefois allant sur les routes : je ne peux me faire aux cheveux longs, étendard d'une querelle ouverte, déclaration de guerre ostensible à la génération qui s'en va — aucune de ces tignasses poudreuses qui ne me signifie de loin : *nous ne sommes pas du même sang, toi et moi.* Je crois que je n'aurais rien à leur dire, ni eux à moi. Mais j'ai avec eux quelque connivence obscure. Quand je les dépasse dans ma petite voiture confortable de réformé du grand chemin, je les observe : fermés, refusant le regard au trafic vrombissant de la route, tapis dans la sueur et la poussière qu'ils n'essuient pas comme dans une petite guérite, méprisants, avec quelque chose de maudit dans leur errance et un front de *révolté fier.* Sans doute n'ont-ils plus, comme on dit, aucune chance. Le trafic les éclabousse, les frôle sans ménagement, les jette au fossé; les gendarmes demandent leurs papiers — souvent même ils ne parlent pas français — nulle auberge, même de jeunesse, ne loge plus *à pied et à cheval*, devant eux se dresse partout une hostilité murée. Mais, pour supporter si patiemment, je pense qu'ils portent en eux une vision. Ils sont revenus au chemin de vérité. Ou du moins ils l'imaginent encore, aidés du vide de la fatigue, tel qu'il a pu être et tel qu'il a réellement été, quand on allait encore sur le *tour de France* : fleuri, ouvert, pierreux, méandreux, plein de bruits de sources, de rencontres et de lentes voix d'hommes, d'accueil et de surprises — plus lointain pour nous que les *cocotiers absents de la superbe Afrique.*

Cela n'est plus. Mais cela a été, et j'ai eu part encore à cette nourriture forte. Je ne suis pas de ceux qui vitupèrent avec monotonie le déferlement, le laisser-courre torrentiel de la voiture. Je lui dois, je lui devrai encore, j'espère, de magnifiques plaisirs. Le vide soudain des petites routes, dès qu'on a déboîté des chaussées à grande circulation, me surprend toujours et m'enchante : rien de plus aisé, on dirait, au moins pour quelques années encore, que de donner ici le change au troupeau. Le Massif Central est vide, partout où j'ai le désir de le voir. L'an dernier, j'ai traversé le furieux, l'orageux moutonnement d'arbres de la Vallée Noire, hersé, houleux comme un grand large de la forêt, et Nohant à son entrée : un salon descendu, non au fond d'un lac, mais au creux des branches, avec l'annexe si fraîchement paysanne de son église qui murmure encore à l'oreille la phrase de George Sand — sésame des surréalistes, qui l'attribuaient à Gaston Leroux — « *Le presbytère n'a rien perdu de son charme, ni le jardin de son éclat* ». Il n'y avait personne, ou presque. Chaque année, on peut me rencontrer sur les chemins des Landes, où la bande de gazon entre la route et le fossé, contre la palissade des troncs violets, est d'un vert plus noir et plus profond qu'ailleurs. On y roule sous le couvert perpétuel des branches, sur la chaussée craquelée toute pavée d'étoiles de soleil qui bougent — incertain parfois, quand on s'arrête dans la clairière torréfiée de quelque millade, en bordure des dunes, si le froissement que le vent traîne sur la forêt est le bruit des pins encore, ou déjà le bruit de la mer. Il y a l'Aubrac, haut belvédère de dépouillement et de sublimité, plus lunaire, plus déployé, plus balayé que les *paramos* des Andes. J'ai rendez-vous avec eux encore, et j'espère mourir vite dès que les chemins de la terre ne me seront plus ouverts, même si c'est en imagination seulement, même si je n'y vais pas tellement souvent. Mais c'est dans le souvenir des longues heures de marche que ces plaisirs confortables et prodigués, qui aujourd'hui coûtent si peu, plongent pour moi leur racine. On ne peut mettre dans la route toute l'attente qu'elle est capable de combler si l'on n'a pas au moins quelquefois tout accepté de ses sévérités et de ses servitudes primitives : la faim, la soif, la fatigue, l'ennui, l'inconfort, l'incertitude du gîte, l'averse désastreuse qui bat la chaussée noyée et installe sa cataracte pour tout l'après-midi, et cet étrange sentiment d'exil aussi, pareil à une basse monotone, qui naît du long chemin et ne déserte jamais ses pires exaltations : il en coûte aussi d'être un errant par le monde ; les joies sont traversées vite, on ne participe pas — il y a un regard, quand on déboucle son sac dans le soir jaune, sur un balcon à glycines, au-dessus de la cour pleine de poules, de charrettes et de futailles comme un tableau hollandais, quand on s'attable sous la tonnelle d'une étape heureuse, qui interroge déjà avec détachement le ciel du lendemain, la file songeuse, au-delà des toits, des peupliers de la route par où les bêtes reviennent, et qui se lisse déjà pour la nuit. « Aller me suffit ». a écrit René Char. Il faut savoir s'installer dans ce porte-à-faux sans sécurité ; demain sera autre, demain pèse déjà sur les avancées reposantes de la nuit. Il est un poème, de Rimbaud encore — poème d'errant, poème de l'auberge d'un soir — qui rêve — merveilleusement, dérisoirement — de la félicité, de la capitulation bienheureuse de l'étape ultime. Il s'intitule *Le Pauvre Songe,* et ce poème de la sécurité dernière est encore comme une chanson de route.

Les routes de la guerre étaient plus lugubres, plus oniriques. Routes de Lorraine sous les déluges de l'automne 1939, vers le cantonnement boueux et noyé, ses greniers comme une buanderie pleine de capotes roides, fumantes dans l'énorme mouillure — routes de nuit de la Flandre et de la Hollande, plus mystérieuses : routes de polders zigzaguant aux arêtes des casiers géants, entre le désert de l'herbe et le désert de l'eau calme, noire, sous la haute voûte des trajectoires de l'artillerie lourde. Sedan était en vue clairement — Sedan fut en vue tout de suite. Les marches étaient une transhumance de troupeau, une migration harassée, sous un ciel de mauvaises étoiles, tournaillant entre Lorraine et Flandre enfermée dans le cercle d'un horizon de fer. L'avenir était clos, mais l'échéance imprécise : matelassé encore par cette zone de vague, on vivait de son reste. Quand on reparle de la « drôle de guerre », presque tout aujourd'hui de sa tonalité particulière échappe : on omet par fausse honte une idée reçue — universellement reçue — que l'événement après coup a rendue grotesque, on la met d'autant plus aisément entre parenthèses qu'elle ne s'exprimait jamais. Éclairés par 1914, on partait pour une guerre de quelques millions de morts, à vue de nez ; ce n'était pas mal calculé, pour les autres ce fut la bonne mesure. Cette perspective renversait la pente des songes, verrouillait une direction interdite. L'atmosphère du train-train journalier, faussement naturelle, était déjà un peu celle de ces pièces policières où chacun va et vient, converse, plaisante et déjeûne, feignant d'ignorer le cadavre dans le placard. On ne parlait guère vraiment qu'à table, où les thèmes obligés du repos du guerrier chassaient les fantômes — dès que la pensée allait son train toute seule, elle glissait hors du droit fil du temps, et se jetait vers les traverses : Ailleurs, Autrement, remplaçaient Bientôt. Les bavardages du pas de route languissaient vite ; les chemins de la guerre étaient bordés de milliers de villages à la Potemkine, où chacun courait s'enfermer dans sa petite construction baroque et privée. C'est par là que la rêverie de guerre ressemblait tellement au rêve, ayant avec lui en commun la censure, — mais c'étaient plutôt les marécages du rêve, et comme un rêve mort-né : les incidents de la route, les paysages traversés ne pavaient plus, ne meublaient plus les chemins du désir, ils se recomposaient dans un monde substitué, falot et creux, distraitement habitable, mais qui ne vivait pas, parce que la sève n'y montait pas, parce qu'il n'y avait pas d'avenir : ces surgeons chlorotiques du songe ressemblaient à ces « feuilles pâles et décolorées, qui, par un reste de végétation funèbre, croissent languissamment sur le tronc d'un arbre déraciné » (*). Je me souviens bien encore qu'ils buissonnaient au long de la route, mais de la substance même de ces *aegri somnia* bizarrement j'ai tout oublié : songeries dévitalisées des limbes, fleurs blanches d'un cauchemar douceâtre, volètement inerte d'un oiseau de nuit qu'on lève dans le grand jour, et qui retombe sans vraiment s'éveiller.

☆

Éphémérides

Le 29 mai 1968, veille du discours de De Gaulle, alors qu'il venait de partir pour Colombey et que le

---

(*) Benjamin Constant : *Adolphe.*

destin du régime vacillait sur la corde raide, l'atmosphère de la rive gauche, dans mon quartier, était singulière. De petits « groupes de discussion » s'agglutinaient au bord des trottoirs autour des agitateurs de rue du *Mouvement du 22 mars*, mais ces groupes de discussion ne discutaient guère : ils écoutaient, muets et perplexes, le meneur de jeu, ils n'engageaient pas le fer. Il faisait sur Paris un temps gris et frais, qui fut presque de bout en bout celui de la saison des barricades. Les palissades du *parking* en construction de Sèvres-Babylone étaient plâtrées d'un crépi d'affichettes manuscrites ou polycopiées : le vent qui les décollait découvrait à mesure des strates plus anciennes qui dataient déjà de la veille ou de l'avant-veille, grossoyées d'une lourde écriture pâteuse de cahier d'écolier. Les gens allaient d'un pas rapide, la tête basse, très isolés, très préoccupés ; dès huit heures les rues se vidaient. Ce n'était nullement l'atmosphère électrique d'une veille de révolution : plutôt une sorte d'angoisse flottante, contre laquelle seuls semblaient vaccinés les petits groupes de *jeunes* qui marchaient par trois ou quatre, le nez au vent, avec une espèce d'insolence tranchante, mais fort peu bruyants. De temps en temps, passait une fille habillée des pieds à la tête de rouge cru, provocante, éclatante au milieu de la foule comme un gros coquelicot. On eût dit quelque chose qui s'abattait sur la ville passive et stupéfaite, mais qui n'en sortait pas : les rues de 1934 ou de 1936, dans ma jeunesse, m'avaient paru tout autrement fiévreuses et explosives.

Ni éclats de voix, ni clameurs, ni discussions violentes ; corsetée de ses usines occupées et muettes, le silence de la ville étonnait l'oreille, comme si du ciel de grisaille il fût tombé de la neige.

☆

Épilogue des cérémonies funèbres consécutives à la mort du général de Gaulle : tous les troncs de l'église de Colombey, lourds de l'argent des cierges allumés à la mémoire du général, ont été fracturés cette nuit (Les journaux) Il est rafraîchissant que le train de ces petits métiers sagaces et inusables — aussi paisiblement imperméables à la *grandeur* qu'un chien qui regarde un évêque — recoupe ainsi avec ingénuité les grands événements de ce monde et en éclaire une face cachée, mais non indigne d'intérêt. Brusquement on s'avise du menu génie de l'à-propos, de la jugeotte admirablement objective qu'il faut à certains déployer pour survivre, et on sourit, on admire un peu. *Ils y ont pensé !*

☆

La photographie de guerre la plus déconcertante que j'aie eue sous les yeux (et sans doute une des plus anciennes aussi qui existent) était une vue du ravin de *Balaklava* prise quelques jours après la fameuse charge (et aussi après l'enlèvement des morts et des blessés). Un vallon en berceau assez peu profond, à sec, mais encaissé, un *ovrag* de la steppe russe au fond tout entier tapissé d'un gazon ras, sans un buisson, sans un arbre. Et, semés au hasard sur la pelouse nue, à la manière de boules de billard carambolées sur le drap vert, des centaines de boulets épars — d'un aspect plutôt ludique, pareils à un énorme festival de la pétanque.

☆

Rêve cette nuit, où *La Tosca* vient m'obséder une fois de plus. Très rajeuni, n'ayant guère plus de quatorze ans, dans un théâtre qui semble un théâtre de boulevard assez exigu, je suis « programmé » pour le soir dans le rôle du ténor et annoncé comme un *wunder kind de l'art lyrique* (sic). Cette promotion inattendue et, semble-t-il, à peine souhaitée, ne m'émeut pas outre mesure — cependant l'impression persiste qu'« il y a quelque chose qui ne va pas » : après de longues hésitations je me décide à faire *in extremis*, une heure avant la représentation, une visite au directeur afin d'élucider quelque point obscur de notre arrangement, ou, qui sait même ? un malentendu fondamental. Une impression de *porte à faux*, obsédante et opaque, pesait d'un bout à l'autre sur ce rêve qui, curieusement, même pendant que je le rêvais, me donnait le sentiment aigu de sa durée interminable.

☆

Rêve : pourchassé à travers la campagne par la police, en compagnie de la duchesse de Berry en fuite et déguisée, je m'échappe avec elle le long d'une route bordée de marronniers, à la faveur d'un *passage en dessous* pour piétons, analogue à ceux qui permettent de traverser les Champs-Elysées. Un train de marchandises qui vient stationner à point nommé sur l'asphalte en dérobant notre fuite aux regards la favorise. La duchesse, qui a un grand nombre d'enfants naturels, conserve leurs noms sur de petites étiquettes de bois jaune, comme on en fixe aux rosiers pour indiquer la variété ; elle les attache à sa ceinture sous sa jupe comme un trousseau de clés. L'odeur et la couleur de l'arrière-automne sur les haies et les prairies rouillées, sur les feuilles sèches et crispées des marronniers qui roulaient sur l'asphalte, étaient lors de ce rêve très intenses.

☆

Premier débarquement de l'homme sur la lune. Après une longue attente de près de deux heures, les vues qui cadrent un des pieds du véhicule ne montrent guère en dehors de lui que le contraste cru entre le ciel noir et le sol d'un blanc de neige, cerné d'un horizon court et bombé. Quand la camera, pour filmer le reste de l'opération, a pris un recul d'une quinzaine de mètres et cadré la partie basse du véhicule avec son arrière-plan et ses environs immédiats, l'émission devient claire et d'une qualité presque inespérée. Les contrastes d'ombre et de lumière sont plus adoucis, proches de ceux de la terre. L'impression qui se dégage de ces images parfaitement, mais modérément insolites, est inattendue. Non pas la matérialisation d'une scène de science-fiction, dont les poncifs sont déjà familiers à l'œil : on dirait bien plutôt un vieux film de Cocteau, gommé et tremblé, d'une grâce un peu sophistiquée. Deux anges jardiniers chargés de leur sulfateuse, pataudS, trahissant leurs ailes en marchant et craignant à chaque instant l'envol plus que la chute, armés de pelles et de râteaux de châteaux de sable, ébauchent un pas de deux, mi-gracieux, mi-comique, de Bibendums gonflés au gaz d'éclairage, qui s'efforceraient de dissimuler un vice de conformation. Un drapeau pend comme un linge mouillé qui sèche sur une corde ; à l'arrière-plan, le tremblé léger de l'émission fait du support et de la base du véhicule une cabane Bambou bricolée au coin de quelque terrain vague. L'horizon miniaturisé donne à la scène un caractère intimiste qui surprend : on dirait les abords un peu miteux d'une roulotte visitée avant le réveil, un doigt sur les lèvres, par des cambrioleurs facétieux atteints de lévitation — une lisière de bidonville prospectée à l'aube par des chiffonniers du ciel. En définitive, à ma surprise, c'est là le sentiment qui domine : l'intimité close, immédiatement reconstituée, du petit coin où l'homme a planté sa tente, ne fût-ce que pour quelques heures, avec ses linges pendus, ses piquets, ses ficelles.

☆

Je regardais hier la retransmission des obsèques nationales d'Eisenhower à la cathédrale de Washington : faux gothique, nef médiocre et sans majesté, austérité, nudité calviniste, dont j'aime pourtant le froid, la sécheresse dure, le dépouillement. Le petit troupeau serré des chefs du monde « libre » tenait là, tassé sur quelques rangées de chaises de paille, comme dans un moutier de village — entremêlés de cinq ou six *Keffieh* bédouines et de quelques uniformes à aiguillettes, le veston avachi, la cravate pauvre, avec je ne sais quoi du cousinage fuligineux et déteint des cortèges de cimetière, leur livre de psaumes à la main ils psalmodiaient le vieux cantique de Luther : *Ein feste Burg ist unser Gott*. Rien que des hommes dans leur nudité disgraciée, des hommes vieillissants sous la lumière pauvre, protestante et froide : la caméra impitoyable accrochait la bedaine de de Gaulle, le menton en galoche de Johnson, les lunettes d'U Thant, la fluxion de Nixon, la calvitie un peu galeuse de l'Irlande, la verrue du Pakistan, la graisse huileuse de la Jordanie. Quelque chose de frileux, de menacé, de fragile : fragile la foi, malgré le *solide rempart,* fragiles les destinées, fragile l'espoir dans les lendemains. Il n'y avait de stable et de solide que les taches noires des femmes uniformément éteintes par le deuil, qui avaient l'air de figurer le veuvage inusable du monde. Devant eux, rien que le cercueil sur la dalle, enveloppé dans le drapeau d'une victoire de néant : il n'y avait rien entre ce Gotha de la démocratie libérale et la mort.

☆

Quand toutes les valeurs d'une civilisation ont été ruinées, il ne s'ensuit pas forcément, et de loin, que la révolution frappe à sa porte. L'Empire romain, pendant quelques demi-siècles, s'est passé des unes et de l'autre, et le christianisme, lentement monté de la profondeur à l'air libre, digéré autant que digérant, ne toucha point aux assises de la société et de l'État.

Les vraies transmutations de valeurs — christianisme, bouddhisme — semblent avoir eu pour loi de mûrir à l'intérieur de structures politiques et sociales inchangées, la révélation ineffable d'une vie de l'âme nouvelle frappant de futilité toute intervention violente dans le concret. « Ce qui est en bas sera élevé, et ce qui est en haut sera abaissé » — la formule de toutes les révolutions — signifie en même temps *sotto voce* que tout le reste, à peu près, demeurera en place : le sens de l'échelle graduée, la loi de la pesanteur, le système de mesure et le mètre étalon.

☆

Tout comme la couche d'air qui nous entoure protège les Terriens contre la continuelle agression cosmique, il existait, il a longtemps existé autour d'eux une couche de non-savoir, de non-chaloir, de non-lire, de non-voyager, qui protégeait leur quiétude d'esprit contre le bombardement tellurique continu des *Nouvelles,* et qui l'a protégée plus longtemps encore contre celui, plus corrosif encore, des *Images*. On commence à s'apercevoir, maintenant que notre civilisation la dissipe, que cette couche isolante était vitale. Physiquement, l'homme ne vit pas nu, spirituellement aussi c'est un animal à coquille. Et les effets de ce mortel décapage sont devant nous : érosion continue et intense de toutes arêtes vives, de toute originalité — réduction progressive du refuge central, du *for intérieur* — contraction frileuse de l'esprit tout entier exposé sur toute sa surface, comme une pellicule fragile, aux bourrasques cinglantes qui soufflent sur lui de partout, irritation à fleur de peau, état de prurit et de gerçure. On est « mal dans sa peau » : certes c'est bien dit ! à condition de savoir l'entendre. L'esprit longtemps en a eu une, et épaisse, et sainement cornée : il n'a plus qu'une muqueuse.

☆

Pour déceler la mue actuelle du catholicisme, Huysmans est une bonne pierre de touche. Ce à quoi il s'est converti, c'est tout ce que l'Église vient de larguer, et rien que ce que l'Église vient de larguer. On peut d'ailleurs penser que les conversions d'écrivains et d'artistes vont se faire rares, mais le pape s'en moque, et mise pour l'avenir sur des races moins énervées : « Faites entrer les Noirs » *is the motto* — les civilisés de la vieille Europe sont en passe de lui devenir le poids mort que furent vite les premiers chrétiens juifs par rapport aux Gentils. Le berceau du christianisme touche à sa bière : l'appétit du Barbare lui revient dans sa sénilité — religion migrante qui semble fuir de nature sa roche-mère comme le bouddhisme a fait (mais jamais l'Islam ni le judaïsme, solidement enrochés dans la Judée pierreuse et l'Arabie pétrée) Arabes et Juifs se disputent aujourd'hui Jérusalem les armes à la main ; le pape y revient en touriste, comme un nabab d'Amérique à la bauge d'Irlande où naquit le grand'père émigrant. Le Mur du Temple d'ailleurs est là toujours, et la Kaaba de lave noire : mais où les neiges d'antan, l'arbre *Bô* et le bois de la Vraie Croix ?

☆

Trois ou quatre cérémonies : enterrements ou mariages, m'ont donné récemment quelque aperçu de la nouvelle liturgie catholique. Surprise ! plus sensible peut-être à une oreille déshabituée comme l'est la mienne : ce n'est pas le latin qui s'éclipse, c'est l'Ancien Testament. La Bonne Nouvelle, coupée de la résonance de caverne que lui faisait l'environnement biblique — les psaumes des rois, le mugissement des prophètes, les hécatombes du Dieu des armées, la cataracte des Trônes et des Dominations — apparaît soudain nue et frileuse, sans échos, sans harmoniques : la voix pure et grêle, confidentielle, d'un soliste fragile, autour de laquelle on s'étonne presque d'entendre se déchaîner les grondements de l'orgue comme d'une incongruité. Et — autre surprise — c'est le protestantisme, où le Livre omniprésent cerne et assiége de toutes parts le bref message évangélique comme un océan en rumeur une petite île, qui paraît soudain — à côté de cette agape dépouillée et intimiste — moelleux, orchestré, étoffé.

☆

Littérature

Depuis vingt-cinq ans, les très grands noms de la peinture et de la littérature s'en vont l'un après l'autre, non pas, on dirait, comme se renouvellerait une académie idéale, non pas pour laisser la place à des illustrations plus jeunes et plus fringantes, mais plutôt comme on coche, année après année, les noms dans une *promotion* exceptionnelle et fermée.

Le monde en 1973 ne connaît plus en aucun domaine

de l'art aucune de ces grandes ombres portées, allongées paisiblement avec l'approche du couchant au travers de toute la planète, qui s'appelaient Wagner, Hugo ou Tolstoï. (j'écris ceci après la mort de Picasso, mais dans quelle mesure Picasso ne représente-t-il pas surtout pour le grand public le boom financier insolent d'un marché artistique « de pointe », quelque chose d'intermédiaire entre Cézanne et Rockefeller : une œuvre doublée d'une *succession* ?) La bousculade accélérée des modes et des credos esthétiques qui se remplacent fait sans doute que chaque artiste ne dispose plus, pour s'affirmer dans sa liberté neuve, que d'un laps de temps très court, un *créneau* temporel aussi resserré que le sont, dans l'éther, les créneaux des longueurs d'onde encore disponibles. La survie au-delà de cette période d'écoute faste, de *réception cinq sur cinq,* est affaire de malentendu, de reconversion, de recyclage ou de politique. Ce qui nous sépare aujourd'hui, par exemple, de l'époque déjà reculée où un Sartre, un Malraux, en peu d'années ont fondé leur célébrité, ce n'est pas une « période littéraire », mais quatre ou cinq. Si l'on soulignait au crayon rouge dans la courbe de la vie d'un artiste moderne — vie qui tend aujourd'hui à s'allonger comme toutes les autres — le seul segment où son talent s'est trouvé en *prise directe*, on s'apercevrait que ce segment tend constamment à se raccourcir.

☆

L'interpénétration des arts a cessé, ou tend à le faire. Le cas d'un Cocteau, qui béquille à ses débuts en touchant à peine terre, appuyé sur la double épaule de Stravinsky et de Picasso, n'est plus guère concevable en 1972. La seule cour de récréation où les classes d'art (option technique) se mêlent encore est le cinéma, *mixte* indécomposable. Chacun des arts tend à éliminer tenacement (au risque peut-être d'asphyxie) ce qui lui était inessentiel, c'est-à-dire ce qui lui permettait, comme c'est le cas pour l'individu, de faire société avec les autres. Durement serré en boule autour de son centre de gravité par un effet de pesanteur inexorable, il n'admet plus que des points de tangence, et non des plans, avec ses voisins.

☆

A mesure que les années ont passé et que j'ai avancé dans mes livres, il me semble que ma vue a un peu changé — presque mécaniquement, comme on devient presbyte — et que les figures humaines qui se déplacent dans mes romans sont devenues graduellement des *transparents*, à l'indice de réfraction minime, dont l'œil enregistre le mouvement, mais à travers lesquels il ne cesse d'apercevoir le fond de feuillages, de verdure ou de mer contre lequel ils bougent sans vraiment se détacher. La promesse d'immortalité faite à l'homme, dans la très faible mesure où il m'est possible d'y ajouter foi, tient moins, en ce qui me concerne, à la croyance qu'il ne retournera pas tout entier à la terre qu'à la persuasion instinctive où je suis qu'il n'en est jamais tout à fait sorti.

☆

Une bonne partie des *sciences humaines* qui mènent aujourd'hui leur tapage dans les revues scientifiques, et plus encore politiques et littéraires, fait penser à ces roches liquides migrantes (comme le pétrole) bien connues des géologues, que la pression a expulsées de leur couche-mère, et qu'ont relogées les strates poreuses des alentours. C'est ainsi que l'Histoire est devenue pour l'essentiel une mise en demeure adressée par le Futur au Contemporain, la linguistique un Sésame de la création romanesque, et le freudisme n'importe quoi, *sauf* une thérapeutique des névroses.

☆

Avec l'âge, qui vient, une faille sépare brutalement, au fur et à mesure des lectures, les œuvres de qualité de toutes les autres ; une netteté décisive du jugement coupe court à toute instance d'appel ; à vingt ans au contraire, tout au long d'une échelle de valeurs aux barreaux serrés, mes préférences de lecture grimpaient ou descendaient d'une année à l'autre comme des cours de Bourse. C'était l'âge où l'on *note* les livres de zéro à vingt, comme le magister les copies : les premières années du surréalisme ont connu ces jeux et, avec amusement, je les retrouve, à peu près identiques, dans les premiers numéros de la revue *Tel Quel*. Chez l'amateur de belles-lettres encore en bouton, il y a une puberté littéraire toute neuve et constamment en émoi que la seule vue de l'imprimé, indistinctement, met dans tous ses états, comme l'autre puberté une jupe. Le plus curieux exemple de cet éréthisme littéraire inépuisable de l'adolescence se trouve dans les quatre volumes de la *Correspondance* de Jacques Rivière et d'Alain Fournier.

☆

Rien ne me donne davantage d'envie et de jalousie rétrospective que les voyageurs : Gœthe, Stendhal, ou Chateaubriand, qui ont vu Rome — entre Winckelmann et le Risorgimento — dans son époque la plus décrépite et la plus émouvante : *latifundium* en friche et charmille de ruines d'une papauté cacochyme et paralytique qui végétait et se ranimait languissamment après Bonaparte comme une tige d'herbe après la pesée du talon ;

on dirait que pendant quelques décades cette papauté s'agrippe au décombre colonisé et ne tire plus que de lui sa vie végétative, comme un lierre à la racine tranchée qui ne tient plus que par ses crampons. Cette Rome-là, pour la faire ressurgir dans mon imagination, nul besoin de la *Lettre à Fontanes* ou des pages somptueuses des *Mémoires* : il suffit de l'*aria* du chevrier qui passe avec ses chèvres sous les murs du château Saint-Ange au dernier acte de *La Tosca*; il suffirait de moins encore, et j'entends ses petits bruits engourdis, domestiques, son silence de couvre-feu, comme si j'y avais vécu de toujours.

Chateaubriand n'avoue pas tout sur Rome, et c'est ce qui donne aux pages des *Mémoires* leur attaque traîtresse sur la sensibilité : elles font vibrer par sympathie des cordes qu'il s'interdit lui-même de toucher. *Le Génie du christianisme* a fait peser une censure sur ses écrits : la résonance liquide de sa prose, sans que nul fantastique y paraisse, est celle même des rêves : il s'y trahit. Ce n'est pas la Rome des vestiges antiques qui l'émeut tellement, après tant d'autres, c'est un aliment plus exquis pour lui, mais inavouable, c'est la Rome des papes : une décadence accrochée à un décombre. Non pas « le réséda ondé et l'anémone apennine » qui poussent sur le tombeau de Cécilia Metella, mais le vieux pontife, naufragé du siècle, qui vient de le recevoir au coin de sa cheminée avec son chat sur les genoux, et moins encore la ruine auguste que son éclairage crépusculaire par la papauté.

La banlieue surtout de cette ville rétractée, amaigrie, devait être un étrange promenoir de songes, et toute cette zone aussi où la Rome ancienne débordait la Rome de 1800 : un large estran de reflux urbain colonisé chétivement par les pâtis communaux, le petit bétail et les plantes des décombres. J'imagine des pavés herbeux où grince l'essieu d'une charrette, un cintre antique bouché par la porte d'une grange, un alignement de fûts de colonnes sombré dans l'herbe et butant contre un grenier à foin, les figuiers tors crevant les seuils de mosaïque, les chèvres fientant entre les orties sur les chicots des murs quiritaires. Et tous ces cabanons modestes du dimanche, « vignes » de plaisance, tonnelles, *casinos* rustiques, auberges où MM. les peintres français de la Ville Éternelle vont en goguette la barbe au vent, nu-tête et tombant la veste, comme Courbet dans le tableau *Bonjour Monsieur Courbet*, ces filles brunes à courtes jupes des gravures romantiques qui montrent la cheville et tiennent si bizarrement en équilibre sur la tête un losange empesé d'étoffe blanche et sur la pointe du doigt une tourterelle. Où se promener en rêve sinon là, entre cyprès, marbres, vignes et fontaines, dans le clair-obscur de ces lisières embroussaillées de la brume des siècles, et pourtant sous un soleil si pur, un ciel si bleu ?

Je n'ai jamais été à Rome. Un jour ou l'autre me verra bien sur ses chemins, puisqu'il paraît que tous y mènent, mais qu'y trouverai-je ? Le film de Fellini m'avertit ; quant à la campagne de la *Lettre à Fontanes*, il n'en reste guère trace, j'imagine, depuis les *bonifications* de Mussolini : encore s'en est-il fallu de peu, à lire les *Mémoires d'Outre-Tombe,* que ce fût depuis un siècle et demi, l'immobilisme et l'incurie sénile des cardinaux de Léon XII singeant curieusement dans cette affaire, cent cinquante ans à l'avance, les tabous du ministère de l'*Environnement.*

« Une compagnie étrangère est venue cet hiver (1829) proposer le défrichement de la campagne romaine... Les cardinaux ont fermé l'oreille aux calculs des bandes noires accourues pour démolir les débris de Tusculum qu'elles prenaient pour des châteaux d'aristocrates : elles auraient fait de la chaux avec le marbre des sarcophages de Paul Émile ».

(*Mémoires*, Livre 30, chapitre 9).

Simple sursis du désert et de la ruine dû au cramponnement effrayé de quelques vieillards. En 1931, et même encore en 1959 quand j'y suis retourné, il n'était pas trop tard pour Venise, du moins pas tout à fait ; en 1972, il est sans doute trop tard pour Rome : encore une nécropole de fermée ! l'arpent de cimetière, en 1972, devient hors de prix et il n'est plus question, depuis longtemps, d'une *concession à perpétuité.* Les Mémoires de Chateaubriand se plaignent page après page de ne traverser que du silence et des cimetières : nous, nous voudrions bien.

En rouvrant les *Mémoires*, je me suis laissé entraîner à relire tout ce qu'écrit Chateaubriand sur ses deux séjours à Rome. C'est une Italie où il n'y a point d'Italiens : Chateaubriand atténue et endort de sa prose le petit bruit indiscret et inexpulsable de la vie qui repousse têtue dans ces débris et qui le dérange : génie au lieu de talent, ce sont des *Ruines* à la Hubert Robert avec figurants muets, accoudés ou lentement cheminant, évoquant par leur immobilité et leurs cortèges les motifs ornementaux de la guirlande ou de la stèle, et, comme souvent aussi dans les tableaux de Poussin, une curieuse réduction d'échelle semble y frapper, en regard des tombeaux et des sarcophages, l'espèce humaine encore sur pied : on dirait que tous les personnages y sont cernés par le regard à travers le gros bout d'une lunette retournée.

Stendhal a visité, habité l'Italie à peu près aux mêmes dates, sinon dans les mêmes conditions, que le noble vicomte : dans les *Chroniques Italiennes*, dans la *Chartreuse*, le grossissement et la réduction vont exactement à l'inverse. Le titanisme habite toutes les âmes : l'énergie, l'amour, l'ambition, la *virtù* poussés à leur puissance explosive occupent de leur farandole enragée le devant de la scène — le décor : loges de théâtre, placettes, confessionnaux, orangeries, boudoirs à sigisbées, lui-même entièrement socialisé et modernisé — les toiles peintes de *Ciceri* masquant partout Forums et Colisées — n'a pas plus de présence suggestive qu'un décor de Goldoni.

☆

Si j'essaie de m'imaginer les héroïnes des romans de Mauriac, ce sont les silhouettes des portraits mondains de Van Dongen qui se présentent d'elles-mêmes à la mémoire : robe-sac, réticule, rang de perles, longues jambes sèches, roideur anguleuse de l'étoffe tendue et du geste, tête petite, visage rongé, mangé par le chapeau cloche, maquillé comme pour l'éclairage de la rampe, qui semble emporter et garder sur lui, au soleil de Longchamp du pesage ou sur les *planches* de Deauville, un peu de l'éclairage litigieux du bec de gaz. Toutes, même dans leurs affres pénitentes, même recluses au fond de leurs pinèdes, sont marquées au chiffre des années du *fox-trot* et du *Bœuf sur le Toit*, toutes ont emprunté leur style et leur silhouette à l'époque où la mode appariait le plus équivoquement la femme du monde à la p... Le court-circuit pascalien de l'ange à la bête est le *tempo* saccadé et secrètement brutal des héroïnes de Mauriac : la plus significative n'est pas Thérèse Desqueyroux, mais plutôt, dans sa simplification caricaturale, cette *Gisèle de Plailly* du *Fleuve de Feu* qui descend la gorge sèche de son train de banlieue à Saint-Lazare pour se jeter, avant la pénombre de la chapelle des Dominicaines, aux attouchements anonymes des salles obscures. Non pas — jamais — bien qu'on reste dans la bourgeoisie cossue, rien qui ressemble à un « portrait de dame » à la Henry James ou à une *délicate figure d'amou-*

reuse, non pas davantage la grande enseigne féminine baudelairienne qui s'avance peinte et hiératique sous les lumières, mais plutôt, tout de suite et sans transition, sitôt écaillé le vernis mondain, la *louve* romaine et la chienne des Écritures, *tota in utero,* qui tire la langue et halète après la chair fraîche. Incroyable, pour qui en ferait le total selon les précises méthodes comptables de la critique d'aujourd'hui, est le nombre des images canines chez Mauriac, déconcertante, entre le rut et le plongeon au pied de la croix, l'absence presque complète d'entre-deux.

☆

Une page de *Rome, Naples et Florence en 1817*, de Stendhal, me confirme dans ce que j'écrivais il y a quelques jours : la Rome qu'a connue Chateaubriand était exsangue, et touchait à sa laisse la plus basse : elle comptait en 1813 à peine cent mille habitants. Et non seulement exsangue, mais leucémique : en 1791 elle en avait encore cent soixante-six mille. La raison qu'en donne Stendhal est le progrès de la malaria : l'*aria cattiva* aurait gagné à cette époque du terrain continûment, par l'incurie de l'administration pontificale.

Le bonheur qu'il y a à vivre au *bel paese*, Stendhal certes convainc le lecteur qu'il en est fou, mais il ne parvient guère à le faire imaginer ou ressentir, et peut-être le cherche-t-il à peine. Tout ce journal d'un printemps de l'âme redécouvert en Italie, ce sont comme des souvenirs qu'on égrène et qu'on commente aux côtés d'un compagnon de voyage et d'un initié, avec qui on a partagé jour après jour les plaisirs et les émotions comme le pain : il suffit, pour les ranimer, du rappel de leurs circonstances. Ce n'est pas une invitation au voyage : c'est un rapport de mission à la société secrète — et très fermée — des Vrais Amants de l'Italie. L'essentiel est tu, parce qu'allant de soi (*intelligenti pauca*, mot qu'il prête à l'abbé Pirard, est un des maîtres-mots de Stendhal) mais le lecteur profane, moi par exemple, qui attends encore de voir Naples, Rome et Florence, et qui ne les verrai plus jamais telles que les a vues Stendhal, s'en plaint un peu.

Pas un paysage et pas un portrait, mais des notes précises sur la vogue montante ou déclinante de tel théâtre et de tel café, un bulletin de santé du ballet et de l'*opera seria*, de la voix des cantatrices et des castrats à la mode, et un peu l'équivalent, pour la saison italienne d'opéra de 1817, de ce que serait aujourd'hui, par un chroniqueur de très grand talent, un compte rendu pour les *aficionados* du Sud-Ouest de la saison tauromachique espagnole, avec les notes de voyage et d'*atmosphère*.

Dans Stendhal, quand il est agaçant, il y a quelque chose d'un casseur d'assiettes à succès, *monté* d'un salon de sous-préfecture dans la capitale, et qui pense se soutenir dans son état simplement en cassant plus fort.

☆

Je lis les ouvrages que M. Halévy a consacrés aux débuts de la Troisième République (*La Fin des Notables, La République des ducs*) ouvrages qui sont loin d'être sans qualités, qui se lisent avec agrément, et je me dis : Voici le ton académique parfait, et tel qu'on aurait pu à cette époque le proposer pour modèle dans un manuel à l'usage des futurs *récipiendaires.* Il y a là toute l'onction exigible, il y a la discrète génuflexion devant les *titres*, mais qui n'appuie jamais, pareille à la révérence machinale du sacristain qui passe devant l'autel en balayant l'église, il y a une pointe d'humour plus épiscopale qu'ecclésiastique, qui marque qu'on tient au bon parti (nuance orléaniste plutôt que légitimiste : l'Académie a appartenu parfois aux Broglie, jamais aux Blacas) de façon si intime et manifeste qu'on peut prendre vis-à-vis de lui un léger recul.

Je me trompais. Trop est trop : l'objet trop dévotieusement convoité s'encourage au caprice. L'Académie commençait à lever la jambe : elle se souvint du *Pas de zèle* de M. de Talleyrand et trouva que M. Halévy en était un peu trop avant d'en être : il ne fut pas élu. Quand l'échec fut patent et sans remède, il eut un mouvement qui touche au sublime : il publia le discours de réception qu'il *aurait* prononcé : les samouraïs, pour faire honte à leur insulteur, allaient répandre leurs entrailles devant sa porte.

☆

Roman et cinéma. L'image ne suggère pas, n'évoque pas : elle *est*, avec une force de présence que le texte écrit n'a jamais, mais une présence exclusive de tout ce qui n'est pas elle. Le mot, pour un écrivain, est avant tout tangence avec d'autres mots qu'il éveille à demi de proche en proche : l'écriture, dès qu'elle est utilisée poétiquement, est une forme d'expression *à halo*. Le seul fait d'ailleurs que les images qu'elle évoque surgissent pour l'imagination du lecteur d'un flux verbal qui les innerve, mais ne les enveloppe et ne les dessine pas, noie plus ou moins ces images dans un irréel touffu à affinités oniriques : *toute la langue* — en état de sursaturation, prête à coaguler par grumeaux à un choc même ténu — flotte présente et convoquée autour d'un fragment de texte écrit : l'image plastique au contraire refoule et exclut toutes les autres ; l'image, comme le peintre ne l'ignore pas, « cadre » à chaque instant son contenu rigoureusement.

Quand je vois, dans le remarquable film tiré du *Roi Cophetua*, passer l'un après l'autre les épisodes de la soirée à Bray, je songe au titre d'une nouvelle de Noël Devaulx qui s'intitule *En marge du cadastre*. Autant le monde évoqué par l'écriture — même réaliste — glisse inéluctablement vers cette marge, autant le monde des images plastiques la répudie de toute sa vigueur. On me *montre*, ici et maintenant, ce qui n'avait lieu pour moi que pluriellement et problématiquement ; moins sensible à ce qui m'est rendu présent à miracle qu'à tout l'arbitraire des retranchements et des choix qui conditionnent cette présence concrète, il me semble à la fois *et* que la myopie exigeante et maniaque de l'œil d'un autre m'impose à chaque instant mille détails inamovibles qui sont de trop, *et* que je suis embarqué sur une grand'route où on a muré tous les chemins de traverse.

☆

Si on insère dans un film l'exécution d'un morceau de musique répertorié, fût-il très court, il y a introduction à force dans une structure temporelle d'une structure d'un autre *tempo,* radicalement hétérogène : un phénomène de rejet tend à se produire, pareil à celui d'une gencive qui proteste contre un *implant.*

☆

La royauté purement emblématique des pièces de Shakespeare : trône, couronne, épée, trompettes, attributs de jeu de cartes, accessoires presque d'un cotillon sanglant qui passent désinvoltement d'une tête à l'autre :

les *Rois* ici sont tirés à la grande loterie du monde. Le naturel, la simplicité du ton les met sur le même plan que les autres personnages — humains, trop humains — mais ils déjeûnent ou conversent couronne en tête ; le Pouvoir se promène au-dessus de la bougeante forêt humaine, se laisse piéger, change de support et se pose selon son caprice aussi concrètement, aussi ostensiblement qu'un oiseau se pose sur un arbre.

On ne voit jamais non plus dans Shakespeare la métamorphose, le mûrissement que crée l'exercice d'un grand pouvoir : jamais Titus n'y renonce à Bérénice, nulle part on n'y voit la clémence d'Auguste, ou le roi de France oubliant les injures du duc d'Orléans. Un fauve couronné reste un fauve, *plus* le pouvoir de tuer et de contraindre immensément : rien qu'un porteur d'estomac, de bourse et de braguette, brusquement pourvu de la foudre, tout de suite naïvement, paisiblement monstrueux.

☆

Le charme, et très grand pour moi, du second volume de *Sodome et Gomorrhe* (le « petit noyau » entre Balbec, Féterne et la Raspelière) où il y a des pages boulées, restées à l'état de fourre-tout arythmique, des caricatures bien insistantes et un peu lourdes (les pataquès du « lift », du directeur du Grand Hôtel) c'est la géographie, ici surtout routière et ferroviaire, de ce coin problématique de Normandie, ce sont des notations comme celle-ci :

« Déjà, à la fin de l'été, dans notre trajet de Balbec à Douville, quand j'apercevais de loin cette station Saint-Pierre-des-Ifs où, le soir, pendant un instant, la crête des falaises scintillait toute rose, comme au soleil couchant la neige d'une montagne... »

L'impression que donne le canton exigu parcouru et desservi par le *tram* de Balbec est celle d'un réseau ferré qui serait « réduit », comme est réduite et comprimée sur un théâtre, avec ses deux ou trois maisons emblématiques, une place de grande ville figurée pour une scène de comédie italienne. Et réduit pour les mêmes raisons : une comédie sociale — rendue plus libre et plus aérée par la saison des bains de mer — s'y joue tout au long de ce ruban d'une douzaine de stations qu'elle fait vibrer de bout en bout et exister comme une sonatine un clavier. C'est la seule *place publique* — carrefour, lieu de rencontre et de mélange — de l'œuvre de Proust, si compartimentée et si castée. Une ébauche de féerie provinciale et saisonnière s'amorce ainsi précairement autour de la ligne-jouet du Decauville, que l'irruption de l'automobile effaroucherait et mettrait en fuite aussitôt.

Précisément, c'est dans ce même volume que le narrateur inaugure avec Albertine les courses autour de Balbec dans l'automobile de louage. Et note avec bonheur, — et sur le vif, à l'état naissant de l'expérience —

combien le moteur introduit dans l'excursion, en même temps qu'une facilité d'abord à demi magique, un élément de dépoétisation. Chute de poésie qui tient, je crois, à une brusque désacralisation de l'*intervalle*. Le chemin de fer, avec le jalonnement figé de ses gares, fondait une sorte de rituel du voyage, basé non seulement sur les préparatifs précurseurs, l'inflexibilité de l'horaire, mais plus encore sur la scansion rigide des étapes : les *stations* du train enchanté qu'était pour moi chaque année le wagon qui nous emmenait à Pornichet, leur liste connue par cœur, immuable comme une litanie, donnaient à ce chemin de plaisir, dans la gradation de l'attente progressivement comblée, une solennité qui n'était guère inférieure pour l'enfance à ce que peut être, dans la gradation de l'angoisse, celle des stations d'un chemin de croix. L'idée ne m'effleurait jamais, enfant en route vers la mer, que Saint-André-des-Eaux (beau nom proustien !) pût être séparé de Saint-Nazaire par huit kilomètres, et Clermont-sur-Loire du Cellier par quinze cents mètres seulement ; elle m'eût sans doute profondément désorienté : je ne suivais pas les méandres continus d'un chemin de la terre, je gravissais un à un les barreaux d'une échelle mystique. La première fois qu'au cours d'une longue promenade je m'aperçus qu'on pouvait sans sortilège majeur joindre à pied par la route la gare de Varades à celle de Montrelais, le voyage, distinctement, perdit pour moi un de ses prestiges les plus certains.

☆

Encore *La Recherche du Temps Perdu* que je viens de terminer. Un prurit ininterrompu de prolongement, de développement, de discussion, de contradiction, de commentaire enfièvre cette *lecture de Proust* dont Gaëtan Picon a fait avec pertinence le titre d'un de ses ouvrages ; tout dans le livre incite en effet à le lire la plume à la main. Réflexions qui cristallisent en visages, aussitôt étoilés par les cheminements divergents de la pensée et du souvenir, le va-et-vient continuel de cette prose de l'image à la réflexion et de la réflexion à l'image embraye à tout coup sur l'esprit du lecteur et l'actionne toniquement et salubrement. La vertu romanesque brute endort et stupéfie l'œil collé à la page, comme la ligne blanche fait de la poule, l'agencement plus ou moins rigide de l'ouvrage d'idées répugne à laisser à l'esprit trop de jeu et se garde de la bride sur le cou. Mais Proust maintient en fait pendant quinze tomes la matière littéraire qu'il brasse et malaxe dans un état critique et instable de surfusion : une pincée ajoutée au mélange et l'élément romanesque se libère comme une débâcle, le récit commence à couler ; une goutte d'eau froide et tout caille et se fige immobile pour l'investigation de l'observateur. Et non seulement Proust fait ainsi toucher du doigt avec malaise le caractère instable et ambivalent de la matière de tout récit, mais encore il livre les éléments de son ouvrage à peu près dans l'état où la continuité brute des séquences tournées d'un film est livrée au monteur qui déroule ou stoppe à volonté le courant des images, remet le film en route à l'envers, voit se succéder deux, trois, quatre réduplications d'une même scène à peine subtilement différentes, déréalisation double et libératrice, incomparablement stimulante, de la matière romanesque et du temps.

☆

J'aime dans les temps Clara d'Ellébeuse
l'écolière des anciens pensionnats...

Elle va à la pension du Sacré-Cœur...

Elle me rappelle les écolières d'alors
qui avaient des noms rococos, des noms de livres
de distribution de prix, verts, rouges, olive,
avec un ornement ovale, un titre en or...

Clara d'Ellébeuse, Eléonore Derval
Victoire d'Etremont, Laure de la Vallée
Léa Fauchereuse, Blanche de Perceval
Rose de Liméreuil et Sylvie Laboulaye...

Dans des vers de ce genre, qui restent ses meilleurs, ce qui fait que Jammes malgré tant d'objections ne se laisse pas oublier, c'est une double *distance* nostalgique qu'ils rendent perceptible : le lointain de l'enfance certes, mais l'éloignement aussi, qui creuse davantage encore la perspective, d'une couche sociale déjà délicatement fanée par une maladie de langueur.

Filles de hobereaux grands chasseurs et de notaires de campagne adoptés par les gentilhommières, vierges bourgeoises demi-cloîtrées jusqu'à la catastrophe nuptiale hâtée et machinée de longue main par les familles, petites victimes déjà pliantes, pathétiques d'avoir, si jeunes encore, devant elles si peu de temps. Avec auprès d'elles la confidente exaltée, l'inséparable « amie de pensionnat » qu'on invite en vacances. Et vraiment aussi perdues dès le départ, aussi dépourvues de chances que les héroïnes raciniennes, le cou déjà dans le lacet nuptial, sans rien devant elles que la venue de l'Homme, qui répugne et fait peur, et qui entrera un soir dans leur lit aussi étranger, aussi peu choisi qu'un époux chinois.

Filles d'une caste entrée déjà en agonie, celle de la bourgeoisie rurale liée à la terre et de la petite noblesse, caste appauvrie, roidie dans ses dévotions, ses mœurs et ses principes au moment de finir, elles fleurissaient brièvement, pathétiquement, l'espace de deux ou trois étés, avant de sombrer crevées de marmaille et parfois besogneuses au creux des manoirs et des maisons de famille. Plus tenaces pourtant que d'autres au souvenir à qui les a croisées encore, comme s'il avait connu de très jeunes mortes.

Il y a de tout cela dans l'Yvonne de Galais du *Grand Meaulnes*, qui doit tant à Jammes : fin d'une race et d'une caste, fin d'un manoir, fin d'une fortune, douceur frileuse et crépusculaire, résignation, étisie, immaturité prolongée (« Nous sommes des enfants, nous avons fait une grande folie ») bonheur à goût exclusif d'arrière-saison. Quel contraste avec la *petite bande* des collégiennes de Balbec ! ici rien que santé drue, exubérance robuste, insolence, indépendance, cynisme, appétits qui s'avouent et qui s'affichent. Excellent sociologue, Proust mentionne avec précision leur pedigree : filles de « nouveaux riches », d'une bourgeoisie laïque et montante — dès 1900 déjà sûre d'elle — de hauts fonctionnaires et d'industriels. Jeunes filles en fleur, en effet — et non vierges préraphaélites exsangues, surgeons pathétiques d'une *terre qui meurt* — la petite bande croît sur un tuf autrement fumé et robuste, et chez les deux écrivains contemporains, également obsédés à leur manière par la femme-enfant, on déchiffre deux poésies de l'adolescence qui se tournent le dos.

☆

Un homme — écrivain ou bon connaisseur de la littérature — va être amoureux d'une femme très belle, mais qui écrit, et qui écrit médiocrement. La beauté de cette femme s'en trouve atteinte et gâtée de manière irrémédiable ; simplement et candidement sotte, il n'en serait rien. Pourtant quel don borné, étroitement circonscrit, que le don littéraire, et sans retentissement majeur sur la qualité d'un être ! Mais dans ce secteur limité de la vie de l'esprit, et presque étanche à tous les autres, qu'est la production artistique, la distance entre le quelconque et l'excellent est stellaire, incommensurable : quiconque croit naïvement « écrire », et en fait n'écrit pas, reproduit à peu près pour le connaisseur l'*écart* glaçant du fou d'asile qui se prend pour Napoléon.

☆

La littérature de cette fin de siècle commence à ressembler furieusement aux armées de campagne modernes, dévorées de plus en plus par leur encombrant appareil *logistique*. Tel l'éclaire de loin, tel la renseigne, tel lui dresse des plans, tel classe ses archives, tel inventorie son matériel, tel prévoit déjà sa reconversion future, tel met au point pour elle de nouvelles méthodes et conçoit dans ses laboratoires les *armes suprêmes* du futur. Le train des équipages, les services auxiliaires, sont gonflés à craquer. D'écrivains de première ligne — d'écrivains qui tout bonnement écrivent — point, ou si peu.

☆

Dans un grand journal du soir, à la page des spectacles, on peut trouver la liste des films « en exclusivité » à Paris classés sous trois rubriques : Films français — Films étrangers — *Films d'auteurs*. Le premier mouvement est d'en sourire, mais il y a là, même naïf, en somme un essai de tri qui, transposé dans le domaine de l'imprimé, ne serait pas sans clarifier le commerce de la littérature. La notion utile de *livre sans auteur*, introduite dans la librairie, en officialisant un secteur de littérature industrielle, permettrait à la clientèle de masse, dans les bibliothèque de gare et de métro, au tourniquet des drugstores, d'aller à l'imprimé comme on va au cinéma du samedi soir, sans se poser de questions de provenance embarrassantes et importunes.

Mais — j'y songe — c'est déjà fait. Si on parcourt de l'œil l'éventaire d'une librairie de gare, il est clair que le nom de l'auteur n'est plus aujourd'hui sur la couverture, neuf fois sur dix, que l'équivalent du nombril au milieu du ventre : quelque chose dont l'absence se remarquerait, mais qui ne saurait a priori inciter personne à une quelconque recherche de paternité.

☆

Entre l'année 1972 et l'époque où, dans les années vingt, j'ai découvert la littérature, il s'est écoulé autant de temps qu'entre cette époque et la publication de l'*Édu-*

cation Sentimentale ou des *Poèmes barbares*. La vie d'un écrivain s'étire au travers de trois ou quatre ères littéraires, au moins, qui lui semblent pourtant un paysage fixe. Comme les vrais prédateurs qui sont casaniers, rien n'a bougé vraiment pour lui, sa vie durant, dans le territoire très circonscrit où il chasse, et dont il a jalonné les frontières de ses excrétions. La cohérence de son œuvre est au prix d'un certain privilège qui lui est imparti, à la fois d'exterritorialité et d'extemporalité.

Exterritorialité : l'écriture est une enclave, qui met souverainement (sans garantir contre les risques) hors la loi : le royaume des fins particulières dont les exigences la régissent ne connaît ni la nationalité, ni la citoyenneté, ni même aucune des morales reçues. Extemporalité : elle porte avec elle un monde, le monde qui lui est consubstantiel, et, l'espace de toute une vie, le conserve étanche aux caprices du calendrier.

☆

Les figures qui peuplent la *Divine Comédie* sont celles de la chronique tragique, scandaleuse, et politique, d'un simple canton ou d'une petite ville, où tout le monde vit serré. Comme cette Italie est petite ! et presque seulement une grande famille mortellement brouillée : l'allusion suffit presque toujours à Dante, ou le clin d'œil : on est en pays de connaissance et de communs souvenirs. Ce sont les personnages d'une geste familière et scabreuse où tous les angles blessent encore à vif — spoliations, calomnies, meurtres, enlèvements, querelles d'héritage, brouilles de clans — et sur laquelle le recul de la légende n'a pas eu le temps de commencer son travail d'érosion, de désensibilisation et de remodelage. Le passage au mythe opère ici — et à ma connaissance seulement ici — sa transfiguration sur des gisants encore chauds, et même quelquefois *in vivo* : aucun art ne se présente aussi immédiatement et aussi manifestement comme *pouvoir*.

☆

Il n'est pas très célèbre, mais le lest immergé de son importance balance et amplifie ses mouvements comme le roulis d'un corps flottant de gros calibre : il y a de l'iceberg en lui, par la conscience qu'il a de son tirant d'eau caché, et de son remous, invisible aux autres, quand il bouge.

☆

Il y a une immutabilité, une rigidité française du jugement sur les ouvrages littéraires du passé même proche, qui s'est prolongée jusqu'au milieu du XIXe siècle : de là date le grand dégel, à partir duquel toute perspective d'ensemble devient labile et changeante : cette instabilité du jugement et du rangement qui marque notre époque s'accélère encore avec le surréalisme. La fréquentation de la latinité figée, et l'habitude sacramentelle de considérer l'Antiquité comme un bloc en a été certes en partie la cause : pas d'écolier, à peine naissait-il à la vie de l'esprit, qui n'eût sans cesse sous les yeux et comme sur sa table ce bloc, ce *sulfure* de la littérature latine où tous les noms saisis dans la pâte vitreuse apparaissaient d'emblée à leur rang et à leur place pour toujours.

Ce beau bloc cristallin, si longtemps promu à la dignité de pierre de touche, est en fait plus troué qu'un roquefort. Un bon tiers des *noms* de la littérature latine sont ceux de non-écrivains, et parfois — collecteurs de prodiges, de curiosités dépareillées et de niaises historiettes — d'assez dignes collaborateurs de l'almanach *Vermot*. La culture littéraire de l'écolier français pendant des siècles a eu pour base un salmigondis aveugle — et finalement, c'est curieux, assez ragoûtant — de grands poètes, de grands historiens, de philosophes du dimanche, d'avocats, d'agronomes, de pédagogues, de conducteurs de travaux publics et d'échotiers. Reste qu'une langue, qui semble être à la plupart des autres ce que la pierre de taille est au torchis ou au pisé, réussit encore à ennoblir tant bien que mal ce fourre-tout.

☆

Je lis ce soir, d'un excellent écrivain, un recueil d'essais de longueur très inégale : entre cinq et cinquante pages. La texture intellectuelle n'en est pas si rigoureuse qu'on ne puisse imaginer, aux réflexions qui vont un peu à la diable, un prolongement plausible, de quelques pages ou de quelques dizaines de pages, indifféremment.

Pourtant je m'arrête au bas d'une page, après une phrase que rien, ni dans le ton, ni dans le contenu, ne signale particulièrement, et je me dis : Nous approchons de la fin. Je tourne le feuillet et je vérifie que l'essai se termine en effet à moins de deux pages de là.

Un tact subtil nous avertirait donc avec sûreté, à chaque moment d'une prose suivie, et abstraction faite de son contenu, de la distance qui nous sépare de la fin, aussi immédiatement que la démarche, la mobilité, la vivacité du geste d'une personne inconnue nous renseignent sur sa plus ou moins grande proximité de la mort. Il y aurait une relation d'affinité précise et exclusive — quoique infiniment difficile sans doute à analyser — entre le timbre, le rythme, la coloration d'une phrase, et le seul segment — jeunesse, maturité ou caducité — de la courbe vivante dessinée par le texte où l'insertion de cette phrase est possible. Possible, c'est-à-dire admissible pour l'œil et pour l'oreille, et non dissonante dans la continuité unie de ce bruit de fond imperçu et moteur, pareil à la poussée constante et nocturne de l'hélice, qui est le ronronnement et la vitesse de croisière de la lecture.

☆

Le plus singulier exemple de l'infortune de ces ouvrages que l'auteur attaque brutalement en *cosmique majeur* est celui d'un livre publié peu après la guerre, injustement négligé à l'époque, et dont j'ai oublié le titre. Il commençait par la description en soixante pages — ruisselante, éclaboussante, superbe, vraiment épique — d'une pluie diluvienne. Ensuite l'hydraulique se vengeait : on n'entendait plus, pendant deux cents pages, qu'un interminable gargouillis de gouttières.

Le Hussard sur le toit, de Jean Giono, n'échappe pas tout à fait à ce risque, après une ouverture qui lâche d'un coup tous les cuivres.

☆

J'ai rouvert un livre d'Anatole de Monzie, publié au temps de Vichy : *La Saison des Juges*, timide et frileuse protestation contre les accès procéduriers de la « Révolution Nationale ». Le talent était présent plus d'une fois dans les sphères ministérielles de la Troisième République, le savoir, et avec le savoir le savoir-faire, l'esprit, l'acuité du coup d'œil. L'homme qui a écrit ces pages a appartenu à une aristocratie courtoise, affable, cultivée, couvée entre l'École Polytechnique, la Conférence Molé, l'École Normale et l'Inspection des Finances, dans une époque où les « bancs du lycée » et les « humanités » suffisaient encore à tirer hors du commun au-dessous d'elle toute une couche intermédiaire d'écuyers et de vavasseurs : le tout beaucoup plus proche en fin de compte du mandarinat chinois que des modernes fondés de pouvoir du capital.

Mais ce talent et cette intelligence sont inermes. Avocats — avocassiers — pour qui les *grandes affaires* sont des dossiers qu'on plaide, sans jamais perdre tout à fait de vue qu'on aurait *aussi* pu plaider contre. Au bout de toutes leurs perspectives, l'amnistie ou la prescription viendront clore des joutes sans enjeu, et la puissante saveur de néant qui enivre âcrement les fondateurs et les tyrans de forte encolure se dégrade chez eux en celle du *non-lieu.*

☆

Dès les premières phrases d'un roman de Flaubert, on est averti : la vie passera au large, très loin, figée dans la distance, saisie avec assez de recul pour que le début et la fin en soient tenus à la fois sous le regard avec une sorte de volupté amère et écœurée. L'histoire est close avant de commencer, et le ton noué de l'Histoire romancée d'ailleurs perce partout. *Éducation sentimentale* ou *Bovary* d'un côté, et *Salammbô* de l'autre, c'est tout un, et c'est toujours le même timbre : « *C'était à Mégara, faubourg de Carthage, dans les jardins d'Hamilcar* »... On vient à peine d'aérer la resserre funèbre, d'escamoter les bâches, les tréteaux, les scalpels d'une exhumation : un des assistants, rétrospectivement, raconte.

☆

Un des prestiges subtils de l'écriture de Rimbaud est parfois dans un imperceptible bégaiement, un clapotement tremblé, un *repentir* d'apparence gauche, don gratuit probablement de l'automatisme, mais repris peut-être ensuite avec infiniment d'art : le même pouvoir d'ensorcellement en émane que parfois du léger strabisme d'une femme.

Tout semblait devoir être trop
content ce soir-là

Oui, l'heure nouvelle est au
moins très sévère

Que par toi beaucoup, ô Nature
Ah ! moins seul et moins nul, je meure

Jamais l'auberge verte
Ne peut bien m'être ouverte

Cette boiterie délicieuse fait à elle seule presque tout le charme de pièces comme *Larme* ou *Mémoire* (Dans *Larme*, d'ailleurs, c'est toute la sonorité complexe de la pièce qui vacille avec séduction au bord de la dissonance) La langue de Rimbaud, génie adolescent, a elle-même souvent le charme ambigu et désaccordé de la mue : semis espacé de notes cristallines, d'autant plus pures de venir flûter tout à trac dans la basse neuve d'une puberté aussi arrogante.

Les Déserts de l'Amour et *Bethsaïda* : deux des plus admirables proses qu'ait écrites Rimbaud. Merveilleux : « sa chambre de pourpre, à vitres de papier jaune, et ses livres, cachés, qui avaient trempé dans l'océan ». Ou encore : « la lampe de la famille rougissait l'une après l'autre les chambres voisines ». Je ne connais aucun texte où l'allure inimitable du rêve et la cohésion poétique exigeante de la coulée verbale restent accordées aussi miraculeusement que dans *Les Déserts de l'Amour*. *Bethsaïda* : un épisode de la *Légende des Siècles* qui mesure comme un repère sur un mur l'énormité du *raccourci* de la poésie française en vingt ans. Jésus inspire Rimbaud rarement, mais toujours admirablement : « Satan, Ferdinand, court avec les graines sauvages. Jésus marche sur les ronces purpurines, sans les courber... Jésus marchait sur les eaux irritées. *La lanterne nous le montra debout, blanc et de tresses brunes, au flanc d'une vague d'émeraude* ». Fulgurante image, que rejoint à distance *Bethsaïda*, par la singularité de l'éclairage : la grande faux de lumière sur l'eau ensevelie, la lumière « jaune comme les dernières feuilles des vignes ».

☆

Une date que je cherche me fait rouvrir les *Confessions d'un Auteur Dramatique* de Lenormand, et malgré moi je poursuis ma lecture, non pas tant entraîné par le talent du mémorialiste (il n'est pas négligeable) que fasciné par la ténèbre déjà opaque où plonge, à trente ou quarante ans de distance à peine, tout ce qui a fait la vie, les amours, le souci, l'orgueil, la passion d'un homme de théâtre non pas certes tout à fait glorieux, mais joué dans toute l'Europe, et un moment au moins célèbre. Ces pièces — tout son espoir de survie — qui collectionnaient naguère encore les « centièmes », qui les a lues ? qui se souvient même de leurs titres ? Même ceux qui les ont applaudies les ont oubliées. Ces comédiens, ces comédiennes que les bravos rappelaient dix fois par rafales, qui sait leurs noms? et ces régisseurs, ces auteurs, ces critiques dont les querelles et les fureurs peuplent les *Confessions* d'un roulement de mousqueterie (Lenormand cite quelques fragments de ces polémiques de presse de l'entre-deux guerres : leur brutalité presque meurtrière stupéfie). Quel plongeon dans le néant !

Malédiction du théâtre. La lecture de ces *Confessions* donne le sentiment étrange que la vie de Lenormand a cheminé à travers son époque sans rien y accrocher de ce qui nous semble aujourd'hui en faire la réalité et l'éclat : on dirait de ces galeries de termites lucifuges qui zigzaguent acrobatiquement entre les zones de lumière. Comme si la vie, l'œuvre même d'un dramaturge, quand il n'est pas tout à fait grand, coulissait par quelque magie mauvaise à l'intérieur même de ce qu'il y a de plus éphémère, de plus périssable dans une époque : publics cruels et sans mémoire, beauté du diable, comédiens tôt montés en graine, princes de la critique éjectés de leur *rez-de-chaussée*, aussi brutalement oubliés qu'un speaker de télévision, commanditaires prompts à la déconfiture, rois du cyclorama et du carton-pâte ameutant le tout-Paris pour une saison entre deux faillites. Il a été dit à ce réprouvé de la permanence et de la durée : tu écriras sur le sable. Tu habiteras une maison de carton. Tu vieilliras deux fois. Tu ne t'éclaireras qu'aux lueurs d'un feu d'artifice.

Cendre du théâtre. Lenormand, même au temps de ses succès, a été sensible, on dirait, plus qu'un autre, au point d'en faire plus d'une fois le sujet de ses pièces, à la caducité dévorante de la scène, à son arrière-goût de poussière. Des décors fourbus, mités, qu'on évacue grelottants sur un fardier, c'est le crâne de Yorick du dramaturge : un peu plus tôt, un peu plus tard, il y a toujours une charrette à l'arrière-plan des plus beaux rêves scéniques et des plus beaux triomphes de générales. On lit dans les *Confessions* quelques pages hautaines et tristes, assez nobles, sur ce vau-l'eau final : amertume d'un auteur encensé qui a vu venir l'oubli, qui a senti le vent de l'aile froide longtemps déjà avant de mourir. Et quel homme de théâtre — quelques très grands exceptés — ne vieillirait amèrement ? Publiée et même encore lue, son œuvre peut-être n'est pas morte, mais elle dort dans son tombeau imprimé comme Juliette attendant le bouche-à-bouche qui la ressuscitera : une édition de théâtre ressemble moins à un livre qu'à ces feuillets de l'herbier qui mangent la sève. Et pourtant, comme tout cela, un moment, a *flambé* ! Rien ne singe les fureurs et les écarts de la passion comme une distribution encore mal rodée qui répète : irritabilité d'écorché, imprécations, portes claquées, silences reptiliens, yeux qui fusillent, nerfs qui lâchent, embellies brusques, retrouvailles pâmées, transes alternées de l'espoir et du désespoir, déclarations de guerre, ultimatums, crises de larmes. Et cette langue de feu qui descend tout à trac sur les planches dès qu'une scène, inexplicablement, se met à *prendre*, ces anges, un doigt sur les lèvres, qui traversent le plateau une seconde sur la pointe des pieds. Un auteur de théâtre un moment fêté est devant le public qui l'éconduit, non pas comme un romancier ou un poète qui sent sans déchirement que peu à peu il s' « éloigne », mais plutôt comme un amant incrédule à qui le visage de l'aimée renvoie soudain son sourire comme une glace : ce tremblement, cet aveu, cette chaleur amoureuse qui passait de la scène à la salle comme de la main à la main qui la touche, est-il possible qu'ils aient cessé de passer? Un livre qui vieillit est une maison de famille qui peu à peu se décrépit paisiblement et se délabre, mais autour d'une œuvre théâtrale qui s'en va, c'est plutôt la brutalité expéditive, le hourvari et le scandale de la saisie et de la vente publique : comédiens que la « dernière » disperse aux quatre coins de Paris, affiches recouvertes, mémoires reconverties, défroques à l'encan, moisissure du garde-meubles. *Disjecta membra poetae* : on a tiré au sort jusqu'aux vêtements ; rien, jamais, ne ressuscitera plus la conjonction infiniment complexe de génie et de hasard qui fit naître un moment d'émotion et de ferveur unique. « Ce sont des jeux finis (j'en demande pardon à Chateaubriand) que des fantômes retracent dans les coulisses, avant la première heure du jour ».

☆

« [Son esprit était] pareil à des fragments de chaussée romaine dans une contrée vaste et peu soumise » ; belle formule de Sainte-Beuve dans *Volupté* pour certains demi-talents restés en friche, Machiavels de province ou Catilinas des temps de troubles ; hommes de la campagne presque toujours, ainsi que dans le roman il est vu fort bien : une capitale ne permet pas longtemps ces demi-teintes du génie.

☆

Satiata, sed non lassata serait plutôt la devise de l'actuelle génération de vingt ans. Le besoin, le prurit organique d'action et de mouvement, consubstantiel à la jeunesse, survit au précoce dessèchement sur pied de tous les *bonheurs* existants ou à conquérir. Les buts concrets se volatilisent aussitôt que précisés ; il reste la négation de tout but dans la persistance du mouvement, il reste, non pas une, mais *la* Révolution, alibi sécurisant et propitiatoire du Futur redoutable, sœur en fait du baudelairien *N'importe où hors du monde*, comme le surréalisme, perspicace, le savait déjà.

☆

Vers 1925, au lycée de Nantes, et au *niveau le plus élevé*, je veux dire dans le second cycle des classes littéraires, la poésie était l'objet d'un débat scolastique aux formes fixes : ce débat n'admettait que trois options : le *Lac*, le *Souvenir* de Musset et la *Tristesse d'Olympio* : aiguillés sans alternative par nos *Morceaux choisis* vers la trinité de ces voies de garage parallèles, de poésie, nous parlions faux à ravir, aussi innocemment qu'on parle du nez, mais avec passion et à longueur de jour. R. tenait pour le *Lac* ; peut-être sentait-il dans sa carcasse pneumatique et son bréchet remonté dans le cou quelque aptitude au soulèvement de l'aile qui l'apparentait au cygne de Saint Point. G. était contre : Caliban plébéien, il penchait pour Hugo, dont le corbillard des pauvres n'avait pas dû rester tout à fait ignoré des chaumières maraîchines. Si j'étais pour le *Souvenir*, je le devais sûrement à l'ascendant écrasant sur moi de P., un rhétoricien ignare que son père bourrait d'argent de poche et qu'on admettait le dimanche par quelque passe-droit incompréhensible dans les bordels de la rue des *Trois-Matelots* : il en ressurgissait à l'étude du soir dans un état quasi-comateux ; c'est là qu'un jour, d'une voix pâteuse et revenue de tout, il m'avait initié entre deux sommeils à la lecture de *Rolla*.

Je réentends d'une oreille rêveuse ces passes d'armes surannées, ces querelles depuis longtemps vidées, que de petits chevaliers naïfs d'une ère abolie ressuscitaient dans la simplicité de leur cœur en chuchotant sous les grosses cloches opalines des lampes de l'étude, et reprenaient interminablement dans les promenades circulaires de la cour. A l'âge que j'avais alors, L., plus tard mon camarade à l'École, trouvait Baudelaire un peu vieilli, lisait Rimbaud et Apollinaire qu'il avait découverts tout seul. Faut-il regretter d'avoir alors si peu, si mal *sauté* ? Nous n'étions pas un troupeau si docile, nous n'étions pas seulement les perroquets de nos professeurs. J'aimais — il me semble que nous aimions réellement, sans nous contraindre — ces invocations profuses, mais éloquentes, qui font du romantisme français (je n'ai jamais vu que la critique le marquât beaucoup) une *queue* mi-oratoire, mi-sensible à la logorrhée coruscante, au *vibrato* ampoulé de la Révolution. Comme si une démangeaison persistante du tréteau et de la tribune — après le sabre de l'Empire et vingt années de silence imposé dans les rangs — avait trouvé sur d'autres cordes et dans un registre inattendu une issue de secours à sa clameur rhétorique inapaisée : ce qui distingue le ton de la poésie de Hugo, de Musset, et même de Lamartine, du romantisme allemand, anglais ou russe, ce n'est pas tant le mixage plus ou moins subtil de Byron, de Rousseau, de Gœthe, de Chateaubriand ou d'Ossian que l'écho, encore à peine endormi dans les rues, des harangues de Vergniaud et du pathos des *Jacobins*. Il y a temps pour tout. L'accès à la quinte essence de la poésie française, il serait dommage peut-être qu'il se fît autrement que par ces longues rampes fiévreuses, ces développements orchestrés, ces cadences trop riches qui préparent la culmination, le triomphe et la tenue ostentatoire et sans vergogne du *contre-ut :* quelque chose risquerait de lui être retiré à grand dommage, quelque chose de bavard, de rebondissant, d'enthousiaste et d'un peu exténuant qui, après tout, s'appelle le lyrisme, quelque chose dont la littérature de notre époque est en train étrangement de retrouver le goût, même si c'est parfois au travers d'un champ d'épandage. Je ne renie pas ces joutes juvéniles, aussi attendrissantes et désuètes que des jeux floraux, ni aucun de ceux dont nous portions alors les couleurs.

Les cieux n'étaient point noirs, les champs n'étaient point
mornes
Non ! le jour rayonnait dans un azur sans bornes
Sur la terre épandu...

Tout cela sortait tout de même de la bouche d'ombre, et l'envie me vient quelquefois de relire cette *Tristesse d'Olympio* sur laquelle il est si difficile de remettre la main une fois qu'on a jeté au feu ses cahiers d'écolier et ses Morceaux Choisis. Je ne sais ce qu'est devenu G. — il me semble avoir entendu dire à un camarade de classe, il y a bien des années déjà, que R. était mort. Par-dessus le mur du lycée, que dépassent de l'autre côté de la rue les feuilles vernissées des magnolias du Jardin des Plantes, on n'entend plus depuis longtemps monter le violoncelle des tramways qui viraient après Saint-Clément, puis la cascade de coups de timbre précipités qui marquait leur dévalement à tombeau ouvert vers la gare. De quoi discutent aujourd'hui les jeunes garçons que la première acné poétique déjà embourgeonne, de l'autre côté de ce mur qui paraît si haut quand on le regarde de la rue ?

☆

Francis Jammes, dont je lis un volume de morceaux choisis. Ma génération aura peut-être été son dernier public, déjà distrait. J'ai vécu encore en familiarité avec les choses dont il parle : l'eau de puits bleue, la caverne fraîche et ténébreuse des maisons bourgeoises de l'été, les fleurs de jardin de curé, réséda, œillets de poète, gueules de loup, giroflées, héliotropes, roses trémières — les tonnelles bourdonnantes de guêpes et de mouches, la cueillette des poires, le chaudron de cuivre des confitures, où on râclait du bout des doigts l'écume des groseilles, les cartouches moulées dans le *sertisseur* la veille de l'ouverture, les petits métiers exigus et pittoresques qui verdissaient encore sur la paresse gagne-petit de la campagne : laveuses, rémouleurs, repasseuses à domicile, lingères, plumeuses de poules, ramasseurs de peaux de lapin. J'ai appris encore à lire dans les vieux livres de prix de ma mère, offerts par l'Institution *Jeanne d'Arc* « avec un ornement ovale, un titre en or ». J'ai connu les sabots garnis de paille des gamins de l'école, les engelures de l'hiver, les balles de coucous qu'on allait ficeler dans les prés du printemps, les œufs de Pâques teints de violet par le jus des *goganes* — ; j'ai grimpé aux arbres avec les dénicheurs de nids. Une campagne encore toute d'intelligence avec la plante et la bête, artisanale et ingénieuse, vivotant parcimonieusement, mais sur le produit pur, fabriquant elle-même son pain, son vin, ses confitures, ses saucisses, fumant ses jambons, vinaigrant ses bocaux de cornichons.

Oui, tout cela, je le retrouve chez lui, et je ne retrouve guère que chez lui cette civilisation naïve et savoureuse, plus proche déjà du néolithique que du dernier *Salon des Arts Ménagers*. Mais, dans ses vers, je ne l'aime pas, alors que j'aime encore la poésie des préaux d'école vides d'Alain Fournier. Trop bénin, trop confit de *bénédicité*, trop arrosé d'Angelus — et par l'esprit plus proche de M. Joseph de Pesquidoux que de Virgile. Comme les familles vivaient serré dans le Saint-Florent de mon enfance, échangeant graines de potirons, visites, et recettes de grand-mère ! mais il y avait une ligne de partage inflexible : j'étais né du côté de la *laïque* de Colette, et je n'ai jamais regardé le jardin du curé que par dessus le mur.

Pour le reste, il y avait certes en Jammes les éléments d'un poète « naturel » — comme il y a des joueurs d'échecs naturels. Il n'a jamais été question pour lui qu'il y eût rien d'autre et c'est tant pis. « Feydeau depuis s'est lâché, il ne compte plus » écrit quelque part Sainte-Beuve. Lui s'est lâché dès le début, sans retenue aucune — complaisamment, dévotieusement. C'est un poète jaseur, qui s'est trop vite épris du bruit frais de son filet de source : c'est le nadir, en poésie, des sucs puissants, mûris et concentrés de Baudelaire. Il a aussi ses limites géographiques par trop étroites. Le Béarn m'est bien apparu tel qu'il l'a décrit : le pays des gaves, soleilleux, mouillé, vif et argenté de reflets comme une truite — mais il ne respire que là, dans l'horizon étroit et protégé, trop domestique, des collines vertes, parmi les *touyas* et les hauts maïs, non pas suivant le vol de l'aigle, mais s'enchantant de celui de la bécasse. Entre sa cuisinière et son chien, allumant sa pipe, graissant ses bottes, entre une visite au curé d'Ozeron et quelque passade rustique, il reste un poète un peu départemental.

N'en disons pas de mal. Il est parfois — rarement longtemps — un poète charmant. Nul n'a bégayé comme lui la douceur habitable des anciennes cuisines de la campagne, du carreau rouge frais lavé, du chien qui dort le museau entre les pattes, de la pipe après dîner allumée sur le seuil et sous la glycine, en face du puits, au crépuscule de l'été.

☆

L'avènement des télécommunications instantanées a raturé le thème dramatique si riche et si souvent exploité de la *nouvelle attardée sur les chemins.* L'intrigue de *Bajazet*, au temps de Racine, permet encore à Acomat de prendre ses aises, et son temps — en juillet 1944, le colonel Stauffenberg et ses complices, dans une situation analogue, disposent à peine de quelques minutes : le temps qu'il faut au Führer endommagé pour empoigner un micro.

☆

Il y a un maniérisme de la prose française qui trouve toujours en moi un lecteur sans patience : celui d'Alain, et plus encore celui de Mallarmé ; dans le second cas, particulièrement, il s'agit d'étirer à froid sur une syntaxe de type latin, comme sur un lit de Procuste, une langue dont le génie est de glisser sur ses particules conjonctives comme sur son anneau de billes un moyeu. Constamment, souterrainement aimantée par l'ablatif absolu, l'apposition, la proposition infinitive, le substantif verbal, constamment menacée d'embolie, la prose de Mallarmé avance au travers d'une série de menus blocages, dont la dépêtrent autant de saccades perceptibles.

☆

Je n'ai guère vu, me semble-t-il, souligner ce fait, qui me frappe beaucoup, que dans un roman tout est à jamais ensemble : personnages, bêtes, nuages, bouts de conversation, coins de paysages, tout cela pris et figé ainsi que dans un sulfure à l'intérieur d'un bloc compact de deux cent mille mots — le temps, les distances, ayant perdu toute élasticité, le premier émoi virginal de l'héroïne séparé à jamais par vingt-cinq pages de l'apparition du *troisième couteau*, la petite incidente d'une ligne et demie obligeant à jamais le père noble à essuyer son revers de veston d'une pichenette après avoir prisé sa seconde pincée de tabac — et le tout, chaque fois qu'on reprend le roman, déroulant son identique *tempo* de boîte à musique du premier mot jusqu'au dernier, et faisant tourner, comme dans *Locus Solus*, le même manège de petits chevaux dans une bouteille de Sauternes, avec les mêmes incidents de course et le même inévitable vainqueur. Et pourtant, d'une certaine manière, cela *vit* ! et même à l'occasion peut revivre : quelle humilité pour le créateur ! quel génie chez le lecteur !

☆

Livres érotiques. Ils pleuvent de toutes parts par le temps qui court. Aucun de leurs auteurs ne semble s'aviser une seconde de la règle d'or de son art, qui est qu'en une telle matière, poétiquement, il n'y a que le premier pas qui compte, et même pas le premier pas : le premier geste, le premier regard transgresseur. Passé la sensation du feu glacé sur la peau, du vent froid et brûlant, pareil à celui qui court au ras du sol devant un tremblement de terre, du seuil franchi dans l'étranglement de la gorge, il n'y a plus rien — plus rien dont la plume puisse faire usage. Mais où est le souffleur bénéfique que ces auteurs devraient payer pour leur répéter sans cesse à l'oreille :

> *... Enough, — no more*
> *T'is not so sweet now as it was before* ?

☆

A Angers, pour un concert de piano dans la salle du Musée Saint-Jean. La très belle salle gothique avec ses piliers, et la série des tapisseries de Lurçat (*Le Chant du Monde*) déployée le long des murs, éclairée d'en bas, déclassait d'un coup les hideuses salles de concert hérissées de leurs pupitres. Mais l'arceau gothique, le pianoforte, Chopin, et Lurçat composaient là une étrange série sédimentaire rompue, et je comprenais à quel point nous sommes habitués à vivre au milieu de stratifications d'art. Culture qui plonge ses racines trop profond, où le *composite* est devenu le dernier excitant, presque indispensable, du goût blasé.

☆

Les souvenirs de la guerre de 1940, que j'avais pendant dix-huit ans conservés si vifs et si précis, depuis que j'ai écrit *Un Balcon en Forêt* se sont perdus dans le flou et la grisaille. Si j'y pense, j'y pense avec un détachement inexplicable, comme à une histoire qui me serait étrangère. Vieillissement — recul que les années augmentent? Non pas, mais le livre est passé par là, et après lui le souvenir n'a pas repoussé, comme il m'est arrivé une ou deux fois. Cela m'a aidé à comprendre qu'il y a une sécheresse de l'écrivain *accompli* qui frappe (je prends de très hauts exemples) chez Gœthe, chez Claudel parfois, dans leur vieillesse : ils ont foré d'une main sûre aux bons endroits, leurs eaux profondes se sont taries au bénéfice des jardins qu'ils ont fait fleurir. Non pas « dévorés par leur création » comme on dit sottement — asséchés plutôt par trop de saignées expertes. De là le drame pour l'écrivain des livres avortés, toujours ressentis par lui moins comme une perte de temps, ce qui n'est rien, que comme un gaspillage de sa substance : le jaillissement qu'il n'a pas su capter — le gisement d'un aloi unique — le *talent* prêté et dépensé vainement ne sera pas restitué. J'ai toujours su pour ma part, et pour cette raison toujours hésité longuement à les entreprendre, que chaque livre devait être payé par l'écrivain en monnaie forte. Et j'espère — sachant trop combien c'est dérisoire — ne jamais faire fonctionner la *planche à billets*.

☆

L'*Envers de l'Histoire contemporaine* est un méchant roman, et Gide aurait pu l'invoquer à l'appui de sa théorie sur le lien des bons sentiments à la mauvaise littérature. C'est la Congrégation — la vraie — qui pousse ici sa fleur bleue. Mais le livre n'en est pas moins — comme l'est l'*Histoire des Treize*, infiniment meilleure — une pierre d'angle dans l'édifice de la Comédie Humaine, et Balzac en l'écrivant est fidèle au sens de l'équilibre qui gouverne sa perspective. Le goût, le *thrill*, le romantisme de la société secrète qui aiguise encore tant de pages de *Le Rouge et le Noir*, nulle époque ne l'a eu comme celle de la Restauration ; c'est ce qui fait vivre encore et bouger pour nous une période que tous les contemporains sans exception — Chateaubriand comme Stendhal — ont jugée après le passage de Napoléon si plate (sa fortune littéraire, comparée à l'Empire, est aussi éclatante que celle de la guerre de Vendée comparée à la Révolution) Congrégation — Charbonnerie — Maçonnerie — Chevaliers de la Foi — « ventes » et « bannières », la société secrète fleurit partout, à gauche comme à droite : c'est la seule époque où le parti en possession d'État ait maintenu en permanence ses structures essentielles dans la clandestinité. Rien là de tellement surprenant : l'effondrement brutal de l'Empire laissait aux prises en 1815 — réseaux chouans comme complots jacobins — deux partis invétérés depuis quinze ans dans la conspiration : au fond c'est Fouché qui a décidé par avance du style politique de la Restauration. Cette Conspiration du Bien montée par une dame patronesse qu'est l'*Envers* était dans sa conception un coup de génie, et on ne peut plus représentative de l'époque : dommage que le livre ait été manqué.

☆

Je lis sans grand plaisir les *Poésies Complètes*, de Jules Laforgue — déjà les *Moralités légendaires*, qui ont leurs dévôts, ne m'avaient jamais beaucoup séduit. Le Tristan Corbière des *Amours Jaunes*, dans la désinvolture cynique — le Max Jacob de *Cinématoma*, dans la grâce loufoque, vont plus loin, apparaissent plus doués. Langue cassée, sans grande drôlerie, vocabulaire disparate, métal pauvre qui transparaît sous le plaqué, bijou d'un sou et d'une saison comme on en voit aux étalages de la rue de Rivoli. L'anarchie voulue du vocabulaire ne s'organise jamais en pressentiment d'un *autre* ordre, elle ne demeure que bizarre ; le nouvel alliage tenté ne fusionne pas, et pour l'aloi et le tintement des mots qu'il vide en vrac sur son comptoir, Laforgue ne semble pas avoir d'oreille. Stridences grinçantes, arpèges acides, collisions de timbres, percussions, arythmie : techniquement il tient un peu en poésie la place singulière d'un Stravinsky mineur, et raté.

L'accent de gouaille provocante, le cynisme voyant qui fleure la pipe *Gambier*, l'atelier de rapin et l'estaminet d'après-boire : le ton *Vilains Bonshommes* qui traverse presque un siècle de poésie française, les bousingots Philothée O'Neddy et Petrus Borel l'annoncent à distance, Rimbaud négligemment en fixe, en passant, le timbre, entraînant Nouveau et Verlaine — Cros, parfois Laforgue ont vécu sur lui, Apollinaire ne l'a pas ignoré, et Jarry l'a renouvelé, assurant la liaison avec le ton *sec un peu* qui sera celui de Vaché et de Dada.

Poèmes de jeunesse de Laforgue : ils n'ont qu'un

sujet et qu'une obsession : celle de la Terre orpheline, de l'inanité d'être. Le *lamma sabacthani*, en toutes lettres, y revient comme un leit-motiv, mais il y a de l'exercice d'école dans ce désespoir adolescent.

☆

Relu les pages de Baudelaire sur Poe et sur Wagner. Celles qu'il consacre à *Maria Clemm* sont graves, émouvantes, pieuses, comme le poème qu'il a écrit sur la *servante au grand cœur* : il y a chez Baudelaire (je pense aussi aux *Petites Vieilles*) une ouverture de cœur élective — qu'on ne retrouve presque nulle part ailleurs que chez lui, et qui est une de ses grandeurs les plus cachées — pour ces sœurs de charité, servantes ou aïeules, à la maternité vicariante et anonyme : béguines sans âge, au visage de cire blanchi dans l'ombre de la coiffe, aux mains ouvrières et guérisseuses, qui semblent fondues tout entières dans le creuset de la bonté. Peut-être, à cause du drame que fut pour lui le remariage Aupick, a-t-il instinctivement placé auprès d'une mère très aimée, mais avec déchirement, une intercession plus haute : il est le seul écrivain (avec Proust) à nous faire souvenir que l'enfant en nous a parfois rêvé d'être le fils de son aïeule : maternité spiritualisée, égale, tranquille, inépuisable, et toute épurée déjà par la mort, qui est à la maternité charnelle ce que la lumière est à la chaleur.

☆

Hugo impose l'idée difficile à admettre, et même choquante, d'un grand poète d'étoffe commune. Il n'y a aucun grand poète français — Villon n'en est pas le moindre exemple — qui soit indemne de quelque forme d'aristocratisme, aucun, sauf lui. En quelques jours, à peine débarqué à Paris pour le siège, le grand-père se met en marche derrière son clairon : tous les poncifs tricolores sur lesquels vivront Déroulède, la Patrie Française, et les quotidiens de 1914-18, sont mis au point par lui avec une *maestria* inégalable : la statue de Strasbourg, les petits sous dont on fait le bronze victorieux, le grand-père à barbe blanche qui s'engage aux côtés du fils (« J'ai dit à Schoelcher que je voulais sortir avec mes fils si les batteries dont ils font partie sortaient au-devant de l'ennemi. La 10° est désignée. Je vais me faire faire un capuchon de zouave... Acheté une capote de rempart aux Magasins du Louvre : 19 francs »). Le tout sur le fond d'un décaméron cyclique d'esprits frappeurs, de couturières troussées et de blanchisseuses culbutées : Hugo âgé semble forniquer surtout dans le monde des *Deux Orphelines* et de la *Porteuse de Pain* (« Secours à Mme X ; *oscula* : 5 francs — Secours à Mme Y ; *toda* : 10 francs »). Son exil ne prête pas à la plaisanterie, ni sa longue passion pour Juliette — ses deuils de vieux chêne foudroyé ont de quoi émouvoir. Cela ne lui sert de rien ; ses livres ôtés, il reste un bourgeois de Paris, près de ses sous et qui couche avec la bonne, un bourgeois qui vaticine et fait tourner les tables, mais un bourgeois : un bronze en redingote, le carnet de comptes dans sa poche, où voisinent les droits d'auteur et les achats de *consolidé* anglais, les frais de voyage et les « charités » ancillaires.

La mégalomanie pourtant chez lui est allée loin. Ses notes de la fin d'août 1870, lorsqu'il rentre de Guernesey, ne laissent là-dessus aucun doute : il a espéré fermement que la France allait lui offrir la dictature. Ce n'était même plus le *Napoléon et moi* de Chateaubriand, c'était bel et bien *Napoléon ou moi* :

« Je dirai : la dictature est un crime. Ce crime, je vais le commettre. J'en porterai la peine. Après l'œuvre faite, que j'échoue ou que je réussisse, quand même j'aurais sauvé la République et la Patrie, je sortirai de France pour n'y plus rentrer.

Coupable du crime de dictature, je m'en punirai par l'exil éternel » (30 août 1870).

J'ai rêvé un bon quart d'heure — passablement hébété — aux six mois de l'étrange Cincinnatus en rupture d'alexandrins — avec Vacquerie sans doute comme maître de la cavalerie.

Mais bête non ! cent fois non ! c'est sa plume à deux temps — comme il y a un moteur à deux temps — qui l'est pour lui, et qui l'entraîne, quand il lui lâche la bride, quand il la laisse pétarader à ses cadences de cyclope :

Rien qui ne soit latent, rien qui ne soit patent
Tout est profonde nuit, tout est jour éclatant

On voit sortir du Temps, de l'Espace et du Nombre
Une grande clarté qui s'achève en grande ombre...

Lisons ceci, en regard, qui est de 1848, et où Hugo *voit* vraiment, voit juste, et voit loin :

« Il y a deux socialismes, le mauvais et le bon. Il y le socialisme qui veut substituer l'État aux activités spontanées, et qui, sous prétexte de distribuer à tous le bien-être, ôte à chacun la liberté. Couvent, mais couvent où on ne croit pas. Une espèce de théocratie à froid, sans prêtre et sans Dieu... ».

Le visage de Hugo, en vieillissant, ne s'est pas *fait*, comme il arrive pourtant presque toujours : autant la sonorité éclatante de son nom était née pour la gloire, autant sa silhouette, on dirait, pour l'anonymat. La chaîne de montre signalétique au gilet tient plus de place sur ses photographies que sur celles de ses grands contemporains. Il n'y a pas d'image finale de Hugo, vers laquelle convergeraient toutes les autres, pas de masque souverain : les portraits que nous avons de lui aux différents âges de sa vie ressemblent à un classeur de photographe en désordre. La photographie du grand-père migraineux en attente de Panthéon, à laquelle on songerait peut-être de préférence, appartient bizarrement (la coupe de la moustache, de la barbe, de la cravate noire, du gilet) à une époque plus qu'à une personnalité : glissons-la par quelque truquage dans les *rangs d'oignons* officiels de quelque ministère Dufaure, Freycinet, ou Charles Dupuy, nul ne l'identifiera aisément.

☆

Hugo peut être à l'occasion, dans la prose, charmant et même plein d'humour : je lis les quelques dizaines de pages qu'il a écrites sur les îles anglo-normandes, en tête des *Travailleurs de la mer*, et je les lis avec délectation. Leur justesse malicieuse et amusée ravit d'autant plus que la même poigne (on le sent toujours) qui tout à l'heure va faire résonner l'enclume, fait patte de velours dans ces délicats coups de pinceau, et que c'est l'excédent de puissance disponible et toujours manifeste qui donne sa légèreté au *capriccio* souriant. Il s'amuse à jouer un moment au citoyen de Guernesey : il y a là-dedans — puisqu'il est question d'îles — quelque chose de Napoléon en chapeau de jardinier devant sa grange, trinquant avec les indigènes de Porto-Ferrajo.

Hélas, il y a la suite ! et je n'imaginais pas tout de même que Hugo pût écrire des choses aussi insensées. Des chapitres comme *Sub umbra*, ou *La Mer et le Vent*, comme dégoisés à pleins poumons sur la grève par quelque Démosthène insulaire, font un pendant — involontaire malheureusement et pauvrement rationalisé — aux simulations de délires qu'on lit dans l'*Immaculée Conception*, et le poète, en proie à la machinerie débrayée de son langage, fait penser (puisqu'il s'agit de la *Durande*) au tournis affolé d'une hélice qui jaillit tout entière hors de l'eau.

☆

Le Rouge et le Noir. J'avais quatorze ans lorsque je lus dans un manuel scolaire de littérature quelques lignes (il me semble qu'il y en avait sept ou huit, pas davantage) sur Stendhal, dont je ne savais rien, et dont je n'avais jamais entendu le nom. Elles faisaient allusion au jugement de Taine ; il y était question, je m'en souviens, de la précision de la psychologie stendhalienne : ces lignes m'intriguèrent ; le nom du livre, celui de l'auteur aussi, me dépaysait et me plaisait. Il n'y avait guère de moyen pour un pensionnaire du lycée, à cette époque, de se procurer un exemplaire de Stendhal ; une odeur de soufre flottait encore autour de cet écrivain *cynique*, qui n'avait pas accès aux « bibliothèques de quartier ». Je demandai à mes parents — c'était la première fois que pareille chose m'arrivait — d'acheter le livre ; ils n'en avaient jamais entendu parler et ne firent pas de difficulté, quelques jours après je l'eus en mains : une édition en deux volumes à couverture verte, qu'il m'arrive encore de feuilleter quelquefois. Les titres des chapitres, et les épigraphes, m'étonnèrent (j'ai toujours eu un faible pour les livres divisés en chapitres, pour les chapitres titrés, et plus encore pour les épigraphes) à peine le livre ouvert, je ne sais quelle bouffée d'insolence allègre et enragée me sauta à la tête et m'enivra ; en quelques pages, je cédai à une complète fascination. Quand j'eus fini le livre, je le recommençai aussitôt.

Puis encore, et encore. Pendant toute mon année de seconde, le livre à couverture verte ne quitta jamais le fond de mon pupitre, en étude ; de cinq heures à sept heures et demie, je travaillais, ou plutôt je retardais mon plaisir ; de sept heures et demie à huit heures, chaque soir, je rouvrais le volume magique et je reprenais place sur le tapis volant ; à la fin de l'année, si on me lisait au hasard une phrase du livre, je pouvais réciter presque sans erreur la demi-page qui suivait.

Le Rouge et le Noir a été, beaucoup plus que le surréalisme, ma grande percée à travers le convenu, un convenu qui m'avait trouvé jusque-là parfaitement docile. Chaque soir, en rouvrant la couverture verte, je m'établissais dans une paisible, une tranquille insurrection intellectuelle et affective contre tout ce qui s'était donné à moi pour recommandé, et que je n'avais fait nulle difficulté d'accepter comme tel. Je le lisais contre tout ce qui m'entourait, contre tout ce qu'on m'inculquait, tout comme Julien Sorel avait lu le *Mémorial* contre la société et contre le credo de Verrières. Mais cette fin de non-recevoir généralisée restait sans violence et sans révolte : elle était congé pris, séparation, froid recul.

Il y a quarante ans, je pense, que je n'ai relu le *Rouge* : oubli profond qui m'avertit et m'alerte encore, parce qu'il est celui de l'amour. *Le Rouge et le Noir* a été en littérature mon premier amour, sauvage, ébloui, exclusif, et tel que je ne peux le comparer à aucun autre : c'est de cet amour que je veux me souvenir, non de son objet (bien entendu toujours admirable). A Dieu ne plaise que je *vérifie*. Il y a une sexualité littéraire brûlante de l'adolescence qui comme l'autre finit par mettre en cendres ce qui l'a d'abord enflammée, il est seulement étrange qu'elle ait pris feu à un livre aussi terriblement averti et déniaisé, un livre qui n'était pas de mon âge. J'ai dû en garder quelques rides juvéniles et creuses, comme de la rencontre de Mme de Charrière Benjamin Constant.

☆

« Ses défauts naissaient de ses corrections, et la perfection qui quelquefois a prévenu ses vœux s'est constamment refusée à ses efforts » (Halévy, à propos de Diderot) Exemple type d'une élégance d'écriture propre au français : non pas seulement la précision, mais la précision que j'appellerai *éloquemment exclusive* : chaque mot à mesure qu'il s'énonce apparaît irremplaçable par une espèce d'évidence immédiate, comme une pièce d'un puzzle venant remplir exactement le vide qui semblait l'appeler. Typiquement français aussi, le fait qu'une réussite de ce genre n'est jamais exempte pour le lecteur d'un soupçon d'affectation qui la souligne, comme la manchette retroussée de l'escamoteur. Il y a parfois un faire-valoir un peu pédantesque dans les accomplissements de notre langue : elle n'oublie pas que pendant deux siècles, hors de nos frontières — cultivée dans sa difficulté, adulée dans son raffinement et sa différence — elle a été utilisée par les snobs, par les experts en beau langage, comme les bateleurs utilisent leurs tours de cartes : pour méduser leur public. Non seulement moyen d'expression, mais marque séculaire de bonne éducation, c'est une langue qui tend à s'écrire — si l'on n'y prend garde — en retroussant le petit doigt.

☆

Je n'y peux rien. Je lui chercherais en vain des répondants plus nobles : comme la Touraine est balzacienne et le Boischaut marqué par Nohant, la Normandie d'Étretat, de Saint-Valéry-en-Caux et de Dieppe reste pour moi, quand je la visite, le pays d'*Arsène Lupin*, le pays où les « coupés » 1910 font la course avec les rapides et où sur les routes le frénétique collégien *Isidore Beautrelet* dévalant sur sa bicyclette tourne autour de l'Aiguille Creuse comme la flèche de la boussole autour du pôle. Dans les échancrures de la falaise, toutes les petites stations balnéaires d'ailleurs sont « d'époque », et faites pour encourager je ne sais quelle archéologie de la villégiature : à Étretat, au Tréport, la construction des villas de galets et de briques — avec leurs frises de céramique, avec leurs balcons de fer forgé tordus en lianes comme les embouchures du premier métro — s'est arrêtée net en 1914.

Le Cotentin mis à part, c'est là la seule région de la Normandie qui me charme : j'aime l'intimité de ses routes petites et tortueuses entre les *fossés* de hêtres dont les racines noueuses crèvent le talus, ses pelouses jusqu'à la lèvre des falaises rasées comme des *links* de golf, la creuse et close vallée de la Scie, l'allée d'arbres à la fois champêtre et si noble du manoir d'Ango, la jungle fraîche qui tapisse la coulée de Vastérival. Sa mine à la fois cossue et vieillotte de côte morte — ou tout au moins démodée — le livre d'or pour elle s'ouvre avec Offenbach et l'impressionnisme, et se referme avec *Nadja*, écrite au manoir d'Ango, et le *Traité du Style*, écrit au même moment à Pourville. On s'est découragé de venir *brunir* sous ces feuillées fraîches où la verdure n'a jamais le temps de sécher entre deux averses ; les belles promeneuses aux longues jupes qui hantent encore pour l'imagination ses cavées vertes et les coulées de craie gluantes de ses valleuses n'y ont jamais quitté l'ombrelle que pour le parapluie.

☆

Œuvres réécrites. Gœthe a châtré, dans la seconde partie de sa vie, *Werther*, par philistinisme : la postérité n'a pas retenu ces ratures anémiques du goût vieillissant. Claudel a abêti sur le tard *Partage de Midi* : épaissi par l'âge, vers la fin, il grossoyait parfois outrageusement sa littérature. C'est le théâtre sans doute — davantage menacé par la contamination du goût du jour — qui encourage le plus ces tentations d'*aggiornamento*. L'écrivain doit accepter la publication comme un destin, dès que le contact avec le public lui a retiré tout contrôle sur les conséquences : on ne rectifie pas une graine semée. Je ne raturerai pour ma part jamais que sur le vif : il faut s'en tenir au mot assez hautain de Ponce Pilate, qui n'était pas, ici du moins, l'âme évasive qu'on a stigmatisée : *Quod scripsi, scripsi.*

Même les très légères (et si discrètes) retouches que Breton a apportées à *Nadja* pour l'édition du Livre de Poche me gênent : de telles retouches font naître comme un *tremblé* non pas de l'écriture, (puisque dans une version comme dans l'autre le texte reste d'un bloc et propose tout au plus un choix global et tranché) mais plutôt, curieusement, du caractère et presque de l'identité de l'auteur, auquel le lecteur concède malaisément la vacillation. Ce qui nous parle par l'intermédiaire d'un livre, le temps que nous le lisons, c'est une voix sortie de la nuit, qui nous semble posée une fois pour toutes, parce que tout, de celui qui parle, s'est éclipsé dans l'acte de dire au profit d'une élocution qui nous paraît intemporelle : nous supportons mal que le Verbe s'encanaille dans la variante, et que la bouche d'ombre se mette par moments à vocaliser.

☆

Voici l'idée que je me fais, à la limite, d'un roman porté à son ultime degré d'excellence : la marge de blanc qui cerne chaque page imprimée devrait y jouer le même rôle qu'un mur circulaire qui renverrait et répercuterait à mesure sur tout le contenu de l'ouvrage réanimé par lui l'écho indéfiniment prolongé de chaque ligne à mesure qu'elle est lue.

Tout livre digne de ce nom, s'il fonctionne réellement, fonctionne en *enceinte fermée*, et sa vertu éminente est de récupérer et de se réincorporer — modifiées — toutes les énergies qu'il libère, de recevoir en retour, réfléchies, toutes les ondes qu'il émet. C'est là sa différence avec la vie, incomparablement plus riche et plus variée, mais où la règle est le rayonnement et la dispersion stérile dans l'illimité. Espace clos du livre : restreint, c'est la clé de sa faiblesse. Mais aussi étanche : c'est le secret de son efficacité. Le préfixe *auto* est le mot-clé, toujours, dès qu'on cherche à serrer de plus près la « magie » romanesque : auto-régulation, auto-fécondation, auto-réanimation. Il faut qu'à tout instant l'énergie émise par chaque particule soit réverbérée sur toute la masse.

☆

Il y a des époques — la nôtre est faite plus particulièrement que d'autres pour s'en souvenir — où le langage tend à se réduire à sa seule fonction d'évacuation, bien plus importante d'ailleurs en tout temps dans le parler de la rue, du café, de la caserne, de l'école, de l'usine, ou du lit, qu'on ne daigne communément s'en apercevoir.

☆

La même stratégie mondaine et tortueuse, la même quantité de lettres, de téléphonages et de visites, est employée indifféremment par Proust à décrocher la première page du *Figaro* plutôt que la seconde pour le compte-rendu d'un *raout* élégant, et, un peu plus tard, à « lancer » *La Recherche du Temps Perdu.*

Peut-être discernons-nous mal à quel point l'envergure d'une ambition littéraire — même géniale — est, à ses débuts, *de confection*, commandée par les canons d'une époque. Il y a le *Chateaubriand ou rien*, du jeune Hugo, le titanisme du jeune Gœthe, du jeune Novalis ou du jeune Breton. Il y a, en regard, le premier Empire, où la plus haute aspiration littéraire consistait à moudre quelque pâle tragédie *à l'instar* — il y a le symbolisme aqueux où Proust a détrempé sa jeunesse : rien que quelque reflet évanescent d'une *vision d'art*, rien qu'une orchidée rare effeuillée sur le parvis d'une « petite revue » modern-style. Les grands créateurs de la *Recherche* sont fabriqués de matériaux de rebut :

Helleu, croit-on (autant que Whistler) pour Elstir, Saint-Saëns pour Vinteuil, Hervieu, Lemaître et France pour Bergotte.

Peut-être y a-t-il autre chose. « Nous proportionnons les égards que nous exigeons non à nos dons cachés, mais à notre situation acquise », écrit lui-même Proust. Et, dans une certaine mesure aussi, les égards que nous avons pour nous-mêmes. La « situation acquise » de Proust fut, pendant presque toute sa vie, non littéraire, mais d'un tout autre ordre, et sa singulière hésitation sur la place qui lui était due témoigne peut-être d'un problème tardif, et original, de *reconversion.*

☆

Exposition des peintres anglais romantiques et préraphaélites. Reynolds, Gainsborough, Lawrence : grande peinture florale, volumineuse, enrubannée et insipide, qui est un peu au musée ce que sont au jardin les massifs des pivoines et des dahlias. De Turner je n'ai aimé que la *Plage de Calais* et quelques très belles aquarelles (dont une, singulièrement dépouillée et presque emblématique, la *Campagne Romaine*) Les brumes irradiées et fulgurées de ses grandes toiles, leurs dématérialisations ectoplasmiques m'ont laissé de glace : peinture soufflée à trop grand effort — et perceptible — vers un épique de la lumière (le convulsif en art, et tout ce qui en approche, me laisse perplexe ; la phrase qui termine *Nadja* est la seule du livre à laquelle j'hésiterais à souscrire).

Je me suis arrêté devant les paysages de Constable (si fâcheusement *finis*) retenu sans être séduit par leur facture curieusement argentée, comme si on avait pulvérisé sur les feuillages et les eaux de très fines gouttelettes de mercure.

Trois ou quatre tableaux en tout m'ont fait rêver de les voir suspendus à mon mur : deux paysages de Bonington, une vue de campagne de Millais, sous une insolite lumière d'été qui décolore les toiles voisines comme un feu de Bengale (gâtée, malheureusement, par un arc-en-ciel qui a la matérialité et la résistance à la traction d'un câble de pont suspendu) et un tout petit Burne-Jones (*Une Idylle*) de ton olivâtre : crépusculaire, étrangement ensorcelant. Ne survivrait-il des peintres préraphaélites qu'une toile minuscule comme celle-ci, on saurait ce qu'ils ont voulu cerner, ce qui les a fasciné tellement au-delà de leurs moyens d'artistes, ce qui fait le pathétique, incomparable pour moi, de ce naufrage archaïsant.

Repassé en sortant devant les Courbet — refusé une fois de plus cette peinture où il y a du lutteur forain (quelle horreur chez un peintre que le *tempérament* !) et du Samson chevelu, voué à secouer un jour ou l'autre la Colonne. En fin de compte, nulle peinture ne me retient qui ne se réclame pas d'un certain quiétisme.

☆

Si Delacroix, au temps du romantisme, se fait bien souvent le modeste illustrateur de Gœthe ou de Byron, si Manet et Mallarmé, à la fin du siècle, se traitent encore d'égal à égal, et même plus tard encore Apollinaire et Picasso, à partir du dadaïsme la poésie baisse secrètement pavillon devant la peinture, et Breton écrit *Douze poèmes pour illustrer des gouaches de Miro* — Miro qui, tout de même, n'est ni Michel Ange, ni Rembrandt.

☆

Georges de La Tour. Quand on me *promenait* l'après-midi, bambin de onze ans, lors de mes sorties du dimanche, mon grand-oncle m'emmenait quelquefois visiter le musée de peinture de Nantes : avec ses hautes salles, vides et endeuillées, tendues de vert sombre, ses verrières à la lumière pluvieuse, il était pour moi comme une annexe, une crypte sépulcrale et vaguement menaçante du lycée, dont la largeur de la rue seule le séparait. Nous allions, muets comme dans une église, le pas faisant craquer le parquet sonore; sous l'éclairage de morgue, le volumineux et quadruple étagement jusqu'au plafond de chairs cadavériques tordues par la gesticulation baroque m'emplissait de malaise : intimidé par la pénombre, le silence de cloître, et la faible odeur de moisi qui resta si longtemps liée pour moi à l'idée des arts plastiques, je me demandais pour quelles scabreuses vêpres laïques on me ramenait l'après-midi dans ces grottes bougeantes de corps nus, qui tenaient du sauna et de la géhenne.

C'est ainsi que je connus La Tour, et connus avec lui mon premier peintre. Je le connus en fait sous deux espèces distinctes. A la place d'honneur, *clou* du Musée, allocataire d'une lumière un peu moins avare, trônait le *Joueur de Vielle*, qu'on attribuait alors à Ribéra. Il m'ennuyait, il m'ennuie toujours. L'autre, un La Tour à la bougie, une « lumière » (L'ange apparaissant à Saint Joseph, je crois) me donnait des éblouissements. Comme j'ai vu plus tard la *Lettre* de Vermeer, dans une salle du musée d'Amsterdam, fixée au mur au milieu des autres tableaux ainsi qu'une lampe allumée au fond d'une pièce obscure, d'un bout à l'autre de l'enfilade des salles il aimantait le regard irrésistiblement. Le catalogue du musée n'en faisait aucun cas (La Tour ne fut découvert que quelques années plus tard) docile aux hiérarchies consacrées, je passais, je n'osais m'attarder, ni demander une explication, qui m'eût fait sans doute honte de ma naïveté : je n'étais pas loin de croire qu'une peinture aussi scandaleusement éclatante avait dû employer quelque procédé défendu par la règle, comme un sculpteur qui exposerait le moulage de son modèle : elle devait être *disqualifiée*.

☆

Comment ai-je pu me dire, il y a quelques jours encore, que je restais étranger à la peinture ? Une promenade à travers le musée du Jeu de Paume, musée épanoui, traversé de soleil de part en part, ombragé de beaux arbres comme une spacieuse maison de campagne, est — de Manet et de Degas à Gauguin et à Van Gogh — une promenade à travers la saison la plus ensoleillée, la plus capiteuse à la fois et la plus aérée de toute la peinture française (à peine souhaiterait-on en expulser huit ou dix Renoir de caricature, absolument indignes des hauts moments de ce peintre, un des plus inégaux qui furent jamais).

Une relation exquise et sans exemple, parfaite d'urbanité, d'intelligence sensuelle et de bonne compagnie, s'est établie ici l'espace de trois ou quatre décades, de Baudelaire à Mallarmé, de Manet à Renoir, entre le meilleur de la poésie et le meilleur de la peinture. Avec Van Gogh et Gauguin — ceux-ci rompant ouvertement la norme et la règle, et vraiment eux, des peintres maudits — se désagrège le secret directoire qui règne, en même temps que sur le musée du Jeu de Paume, sur un demi-siècle de l'art français le plus intimement glorieux peut-être qui fut jamais, et dont le petit portrait de Mallarmé par Manet, dans un angle d'une salle, figure à la fois le blason et le talisman. Tout est homogène dans cette petite phalange. Mêmes coordonnées sensuelles, même classe sociale, mêmes relations, mêmes plaisirs — même pudeur enveloppée d'excuse et brodée de courtoisie dans la totale novation. Entre le vacarme des *Jeune France* et l'avénement du « Bateau Lavoir », on dirait que la Bohême de la peinture s'éclipse. Des bourgeois de Maupassant la remplacent, correctement endimanchés, anonymes sous les *noirs* de Degas, ses redingotes et ses hauts de forme, mais qui rompent secrètement entre eux le pain maudit. Ni l'isolement sauvage, ni la gloire tapageuse ne sont leur lot : ce qui se consomme ici sans fracas inutile, c'est une sécession inflexible et souriante, qui ne rougit pas de rester localisée, sans rien de la creuse et vaine gesticulation qui suivra et qui se croira tenue de mettre en question, à propos de technique, de ponctuation ou de syntaxe, la structure du monde et des sociétés. Aucun souffle de grandeur (il y a dans ce musée, qu'une certaine gloire de la bourgeoisie irradie insidieusement, une dimension qui manque, et manque tout à fait) mais une prise de possession, une appropriation du monde par une sensualité mesurée, égoïste et raffinée, qui donne tout son poids, non de faste mais de succulence, aux jouissances pulpeuses d'une classe moyenne épicurienne et rentée, au soleil d'un après-midi de canotage, à l'absinthe bue sous la tonnelle, aux ombrelles fraîches d'un dimanche à la campagne, au premier panier de fraises de la saison. Le Jeu de Paume décèle, dans les commencements de la Troisième République, quelque chose d'une Hollande libre-penseuse, réglée de mœurs comme elle, mais libérée de la tonalité pesante et assombrie du calvinisme.

A côté de la voluptueuse lumière de soleil d'été perçant l'andrinople qui est celle de cette vérandah aérée, le musée du Louvre, bondé encore, malgré les épurations, de *grandes machines* comme un magasin de décors, n'est souvent qu'un énorme et époustouflant musée de province congestionné d'*envois de l'État*. Les esquisses de Seurat, grandes comme des boîtes à cigare, concentrent en définitive l'esprit de la peinture du Jeu de Paume, et amènent comme une loupe tout le vagabondage de ce soleil capté à un point-feu.

☆

Il y a une bêtise propre aux rapins et bien connue, bêtise truellée en *pleine pâte* : vie à l'état brut, sagesse de fumeur de pipe, matérialisme court, cynisme sexuel simplificateur — mais les plus grands, bien entendu, y échappent tous. Il y a aussi une bêtise musicale, moins agressive, moins dénoncée, qui, elle, sans doute, a quelque chose à voir avec l'*accord parfait* : prophétisme nuageux et optimiste, effusion de la *belle âme*, rêves humanitaires et conciliateurs. J'y songe pour avoir vu coup sur coup deux films-reportages sur deux grands interprètes, Menuhin et Rubinstein : que ne laissaient-ils l'un et l'autre parler seuls piano et violon ? Et je me demande si les plus grands ici en sont tous bien exempts : Beethoven par exemple (mais taisons-nous !)

et cet écrivain qui exprime si bien l'âme de la musique, quand on en a retiré les notes : Romain Rolland.

☆

Musée Rodin. Comme j'aime peu tout cela ! Bustes en bronze de ministres du Commerce alternant avec des sujets de pendule en marbre. De ci, de là, une main sort, troue la surface de la pierre, une demoiselle déjà prise dans son bloc jusqu'au menton se noie parmi le marbre, comme l'excursionniste infortuné des *Travailleurs de la Mer*. Il y a là-dedans un mélange malsain de Maeterlinck et d'hercule de foire (aux pieds d'Omphale) le génie n'y est représenté qu'avec *doubles muscles* : Balzac ou Hugo. J'aime cent fois mieux, à tout prendre, que ces catcheurs symbolistes et ces bacchantes qui ont lu Renée Vivien les grosses bonnes femmes à culbuter de Maillol qui s'envolent sans prétention au-dessus des gazons des Tuileries comme des gonflables en caoutchouc.

De temps en temps, le goût prononcé du porte à faux — la *Porte de l'Enfer*, aux jambages grimpés de lierre androïde, la bizarre découpure sur le ciel de la *Défense* — font penser à un Michel Ange qui aurait vu les embouchures du métro.

☆

Distances

La surimpression envahissante de ce qùi a été sur ce qui est constitue le don mélancolique et pulpeux du vieillissement, qui est, autant qu'une décrépitude physiologique, un décryptement fantomatique du palimpseste que devient avec l'âge le monde familier. Chateaubriand l'a senti venir et s'y est complu plus vite qu'un autre : à partir de quarante ans toutes ses descriptions sont des *repeints* transparents au dessin premier. Rimbaud l'a rejeté de toutes ses forces dès qu'il a senti son approche (« Départ dans l'affection et le bruit neuf ») toute sa poétique est une rature radicale du *sédiment*, éidétique ou affectif. Tel quartier — telle maison où j'ai vécu jeune — s'est figé pour moi à une époque que je pourrais dater, et rejette pour moi seul, quand j'y passe le tégument léger dont les années l'ont recouvert, avec le menu geste d'intimité et de mystère d'une femme qui soulève sa voilette. La mer seule balaie en nous cette stratification figée : à son spectacle les années se désaccumulent ; c'est moins sa fraîcheur régénératrice que son refus de cautionner le souvenir qui fait la justesse du vers de Valéry :

Courons à l'onde en rejaillir vivant.

☆

Imperceptiblement, il s'établit avec ceux qu'on rencontrait souvent, avec qui on dînait, avec qui on bavardait familièrement, un surcroît insidieux de distance : ce qui ne demandait qu'un signe de la main, un coup de téléphone, quelques minutes de marche, réclame maintenant prévision, combinaison, rendez-vous pris, préparatifs, encore arrive-t-il qu'en fin de compte l'affaire manque. Des amis de longue date, de vieux camarades, si on écrit, si on téléphone, ne se rencontrent plus à leur adresse : si on s'enquiert du changement, il se trouve par malchance qu'ils ont chaque fois déménagé plus loin. La portée de la voix, dirait-on, se raccourcit ; les allées et venues, les rencontres de vos familiers entre eux plus souvent qu'autrefois vous court-circuitent sans chercher apparemment à vous éviter : on se sent doué pour eux, de plus en plus fréquemment, d'une subite transparence ; on dirait d'une flotte avec laquelle de toujours on naviguait de conserve, et qui ne perçoit plus que distraitement vos signaux. On se sent devenu le centre veuf et déserté d'un menu cosmos en expansion, dont les étoiles et les planètes dans toutes les directions, à une vitesse croissante, s'éloignent de vous en s'isolant de plus en plus dans la distance. Ce n'est rien, ou du moins ce n'est rien qui soit très neuf : on a vieilli.

☆

Je marche sur la route de *Saint-Laurent*. Les échappées de vue ménagées par les longues clairières qui s'ouvrent maintenant en tous sens à travers le bocage obsèdent l'œil presque partout et rafraîchissent le sentiment de la promenade. Les fermes que j'ai connues pendant un demi-siècle emmurées par les haies, hostiles et soupçonneuses, remparées de clôtures d'épines, alertées de loin contre toute approche par des abois de chiens hargneux, semblent cligner de toutes leurs fenêtres comme une bonne auberge, dérouler de loin un tapis vert jusqu'au bord de la route pour inviter la flânerie du passant. Cette campagne déclose et maintenant timidement souriante vient ranimer en moi une image, très ancienne, qui flottait jusqu'ici dans un irréel pur : celle des vignettes des livres d'enfance où devant la chaumière enrubannée de lierre dont le toit fumait bucoliquement, on voyait une fillette en secouant ses tresses sauter à la corde ou courir sur la pelouse après son ballon, pendant que l'enthousiaste chien *Fidèle* devant sa niche l'accompagnait de la voix. Toute la contrée des Mauges me fait penser quand je m'y promène à une demeure longtemps endeuillée qui une à une rouvrirait ses fenêtres ; un ban semble levé qui pesait sur cette terre méfiante et sauvage : on enlève les housses, les maisons blanches sont nues et claires dans l'air qui les baigne comme une lessive de printemps.

☆

Expressive remarque de Barbara W. Tuchman, quand elle décrit dans son livre (*The guns of August*) les troupes françaises de 1914 en fin de retraite à la veille de la Marne : *Les canons même semblaient avoir vieilli.* Il y passe la décoloration grise, le jour souffreteux, appauvri, qui tombe sur une armée fanée par le souffle approchant de la défaite aussi soudainement que le bouquet de *Siebel*, dans Faust, à la scène du jardin. Pour moi, en 1940, cette espèce d'éclipse de soleil se manifesta brusquement, sans raison apparente, en Flandre hollandaise, alors que nous traversions en fin de matinée la petite ville d'*Axel*, le 16 ou le 17 mai.

☆

« Reste calme. Regarde froidement. Pourquoi ? Parce que ce calme et ce froid *représente* le durable, et le temps qui se dégage de tout.

Un homme froid est à l'amplitude d'un siècle. La colère, les émotions s'ajoutant ne font enfin qu'une platitude. *A la longue, il n'y a jamais rien eu.* Ne perds pas de vue cette nullité certaine finale. Que quelque signe — une ligne horizontale étendue — demeure au fond de tes mouvements et météores secrets. »

(Valéry : *Mauvaises Pensées*).

Juste — et beau. Mais *à la longue* aussi il n'y a jamais eu personne, et cette ligne horizontale étendue n'est avérée que dans les cimetières. La Terre un jour sera une lune, se dit — irréfutablement — l'homme qui pense contre sa soif et laisse l'eau fuir entre ses doigts.

Il est curieux que Valéry ici — et ailleurs quelquefois — se laisse prendre à cette sagesse décorporée et posthume, qui projette arbitrairement l'homme dans un espace sans fond et un temps sans durée — lui qui reproche tant, et si justement, à Pascal l'abus de ce que j'appellerai le *recul non-signifiant*.

☆

Mes cantonnements du temps de guerre. A *Barbonville*, au pied des côtes de Moselle, près de Damelevières, je passai le mois d'octobre. J'évacuai le sous-sol de terre battue où on m'avait d'abord logé en compagnie d'une demi-douzaine de poules pondeuses, et je trouvai une chambrette passable : j'y lisais le soir Swedenborg et le *Journal* de Gide qui venait de paraître. Les fumiers des *parges* faisaient à la compagnie une haie d'honneur odorante quand nous partions pour l'exercice. Chaque matin, le berger communal, au son d'une corne, assemblait son troupeau bien gymnastiqué; les bêtes le soir reprenaient d'elles-mêmes une à une le chemin de leur étable; le troupeau maigrissait au long de la rue unique et se dissipait enfin tout à fait ; le parfum puissant de la bouse fraîche entrait dans ma chambre avec la tombée de la nuit mouillée. Rien n'était plus disgracié que ces villages lorrains, ruisselants de boue et de purin sous les pluies noires de cet automne-là. A *Rosendaël*, tout près de Dunkerque, ce fut une pharmacie sur la place du beffroi. *Bourthes*, où nous ne passâmes que quelques jours, fut notre cantonnement le plus mystérieux : c'était le Boulonnais tragique de Bernanos, une rainure du plateau de craie comblée d'arbres jusqu'à son bord, quelques fermes de briques enfouies sous la feuillée. Il faisait si sombre et si mouillé au creux de cette coulée que le jour hésitait à s'y lever tout à fait ; du matin au soir, sous le couvert entretissé des branches, il n'y avait que le silence, le ciel fuligineux, le grand vent de novembre qui chassait les feuilles par brassées, cette mouillure du sous-bois qui ne séchait jamais. Quand on montait jusqu'au plateau, on découvrait des labours nus à perte de vue, harassés par la pluie, visités des corbeaux : une plaine de désastre, comme des champs catalauniques. Je me suis souvenu dans *Le Roi Cophetua* de ces jonchées froides et spongieuses de novembre, de ce vent noir, de ce silence de Jour des Morts.

A *Quesques*, à quelques kilomètres de là, nous étions dans la fosse du Boulonnais, au pied des hautes collines de craie : je ne me rappelle guère que l'odeur terreuse et fermentée des silos de betteraves. J'y habitais de nouveau une petite ferme ; de l'autre côté de la mince cloison de ma chambre, l'aïeul de la maison mourut un matin de bonne heure tout seul, pendant que je m'habillais pour l'exercice : il fit un soupir léger et discret, de bonne compagnie, je ne m'alarmai aucunement; on le trouva mort quelques minutes après mon départ. A *Fillièvres*, en janvier, dans la vallée de la Canche, ce furent les grands froids; pendant le mois que nous y passâmes, il gela sans discontinuer : dans ma chambre, ma bouteille d'encre à stylo s'était solidifiée une fois pour toutes au fond de ma cantine — quand je m'éveillais le matin, mon haleine avait semé sur le drap de fines aiguilles de glace qui piquaient. Mais Fillièvres de bout en bout fut un cantonnement gai. Nous n'avions du matin au soir rien à faire : nos hommes servaient de troupe de manœuvre à un centre d'instruction divisionnaire. La popote était établie dans la maison d'un veuf hilare, tout réjoui du mouvement que la soldatesque apportait chez lui; il nous confectionnait des cigares qu'il roulait lui-même avec les feuilles de tabac du cru. Le village était charmant sous sa guipure de givre, le temps glacial et ensoleillé; on buvait sec et on mangeait ferme, on enfournait les calories par milliers, on chantait en chœur, on se promenait sur les routes gelées et sonnantes : pendant tout ce mois, entre les collines de neige, dans le brouillard qui s'échappait de six cents bouches, nous fîmes de Fillièvres un Noël britannique sustenté de nourritures fortes, un rendez-vous rubicond de chasse au renard. De temps en temps, levé bien longtemps avant l'aube, j'allais à une dizaine de kilomètres conduire un détachement : on travaillait à établir un champ de tir pour les engins anti-chars. Le village qui se trouvait là, et dont j'ai oublié le nom, avait pour seule garnison un lieutenant de l'intendance tout grisonnant qui tenait ses assises chez l'épicière : à midi sonnant, je m'annonçais à la boutique ; les coqs chantaient dans le gai soleil gelé ; nous déjeûnions tous trois dans la cuisine : rien n'était plus paisible et plus domestique, après les *raouts* hauts en couleur et forts en gueule de Fillièvres, rien ne parlait soudain plus éloquemment du foyer congédié que ce couple, noué par le hasard pour quelques semaines, qui déjeûnait en pantoufles comme un vieux ménage au bord de la cuisinière.

Quand je rentrai de permission, j'habitai un moment, à *Vieil Hesdin*, chez une dame âgée, une maisonnette au fond d'un jardin de curé. A *Borre*, une large rue éventrait le village sans caractère : tout autour c'était le tapis vert et mollement ondulé de la Flandre intérieure. Le dimanche, nous allions à pied à Hazebrouck, à sept ou huit kilomètres, il y avait presque toujours combat de coqs — souvent j'étais de service à une gare proche, où les permissionnaires de retour transitaient par la salle de *déséthylisation*, comme on écluse une péniche chargée. Notre dernière étape fut *Winnezeele*, en face de Poperinghe, dans la verdure si jaune, puis le bleu si tendre des lins en fleur, entre les hautes cages des houblonnières : le charme, ici, c'étaient les patrouilles de nuit le long de la frontière, à quelques kilomètres : nous avions là un poste de garde, tout contre la barricade belge ; j'y montais en bicyclette sans lumière par le *Drooglandt*, vers deux heures du matin. Rien de sombre, d'immobile et d'odorant comme la campagne à cette heure : je glissais le long des haies ténébreuses comme la main glisse sur le pelage d'une bête qui dort. C'est là que les avions nous réveillèrent de bonne heure, le matin du 10 mai.

☆

Ma grand-tante J : son père était marinier sur la Loire, et fort à l'aise ; sur sa péniche, dont il était propriétaire, il avait transporté toute sa vie la chaux des fours de *Montjean* le long du canal de Nantes à Brest ; à la fin du siècle dernier — luxe singulier dans un village de province — il emmenait l'été en voyage sa femme et sa fille par le chemin de fer, en Allemagne, en Espagne, à Venise. Elle ne se maria pas ; de longues années, son père mort, dans sa petite maison au bord de la Loire, elle soigna sa mère cardiaque, qui ne bougeait de son fauteuil — chaque fois qu'il y avait à Champtocé une réunion de famille, nous allions la visiter à pied par le pont : le fauteuil de l'infirme n'avait pas changé de place, Joséphine était toujours habillée de sombre, avec une *guimpe* blanche ; nous mangions un gâteau sec, par la fenêtre, on voyait le bac rustique qui desservait l'île de Montjean faire coulisser sans bruit son antenne le long de son câble. Il n'y eut jamais rien dans cette vie. Sa mère mourut ; elle prit sa place auprès de la fenêtre ; elle cousait assise ; quand j'allais aux vacances la visiter à bicyclette, elle m'offrait toujours un gâteau sec, le bac continuait à aller et venir au bout de son câble. Puis elle se retira à l'hospice où elle habitait une petite chambre ripolinée et proprette ; elle n'avait plus aucune famille proche ; par la fenêtre, on voyait le mur du fond du jardin, et en été le jardinier au bout de son tuyau ; je lui apportais des livres : elle lisait tout, indifféremment, comme on tricote : Paul Féval, Gide, Jules Verne, Hemingway, Dostoïevski, « *Sans Famille* » ou les *Quatres Filles du Docteur Marsh.* Elle mourut, je crois, à 89 ans. Quelquefois, vers la fin, quand en ouvrant la porte de sa chambre on la trouvait assise et silencieuse, je ne sais quelle absence d'une seconde dans le visage qui souriait faiblement ou dans les mains qui lâchaient le livre ou l'aiguille semblait dire : « *C'est bien long.* »

☆

Madame V. : elle habitait une demeure campagnarde proche de Nantes : une maison de famille mauriacienne, mais transplantée dans l'Ouest pluvieux, vaste, vieillotte, inconfortable, humide, avec une cuisine à l'ancienne mode, des papiers décollés qui pendaient aux murs, une grille rouillée sur la venelle déserte, et au milieu de la pelouse un bassin de briques crevassé qui ne retenait plus l'eau depuis bien longtemps. Son mari était un arboriculteur aisé, mais de cette espèce villageoise à peine décollée de la charrue qui parfume les romans de Gogol d'une odeur de moisi, de saumure, de vieux almanachs et de champignons secs, habitant une *propriété* et roulant voiture par gloriole — en 1925 — mais taillant sa vigne et déchargeant les fagots de sarments avec son métayer, le parler d'un paysan-né sur lequel trois années de collège chez les *Frères* avaient glissé comme l'eau sur les plumes d'un canard, le teint de brique de la chasse, de la bonne chère et du grand air, dont sa femme avait honte. Elle ne cousait pas, n'astiquait pas, ne jardinait pas, ne faisait pas de confitures (elle laissait pourrir les fruits aux branches des pêchers et des pruniers) elle s'ennuyait ; sa paresse était une protestation inerte contre une vie au-dessus de laquelle nulle aptitude en elle ne lui eût permis de s'élever, et où toute sa nature l'aurait mise de plain-pied et à l'aise, n'eût été ce bovarysme miteux et renfrogné qui ne lui ressemblait pas, et qu'elle avait attrapé on ne sait où comme une espèce d'influenza. Elle s'était aménagé dans sa vaste maison paysanne un *petit coin* — comme il y avait le « beau coin » dans les isbas russes — espèce de resserre culturelle lilliputienne avec quelques gravures anciennes, des étagères pour une trentaine de livres, et un bureau à cylindre : bizarre appeau à piéger la vie de l'esprit, qu'elle devait imaginer comme une visitation extérieure, et qui ne vint jamais s'y poser. Les étagères restèrent vides ; de temps en temps elle s'asseyait dans son petit coin pour écrire les comptes des métayers ou découper des recettes de cuisine.

☆

La vue de la vallée de la Seine vers Meulan m'a rappelé tout à coup les excursions géographiques où mon maître Emmanuel de Martonne entraînait de temps en temps, entre Mantes, Neauphle, et la vallée de Chevreuse, le petit troupeau de ses vrais fidèles. En passant, je me suis souvenu avec précision de l'endroit où, au flanc du versant nord, nous suivions un jour, sous un chaud soleil de mai, le niveau de sources correspondant à l'affleurement des énigmatiques *marnes vertes*. Dans la connaissance livresque que j'avais à ce moment (je commençais ma licence) de la stratigraphie de l'Ile de France, le nom de « marnes vertes » me laissait plus que sceptique : je n'avais jamais vu de glaise d'une telle couleur et je pensais que le géologue imaginatif qui avait baptisé ce niveau n'était pas ennemi de la galéjade : on devait parler de marnes vertes comme on parle de vin gris ou de roses noires. De Martonne s'arrêta au bord de la route pour une courte explication, puis, au flanc du fossé d'où suintait un filet d'eau, il donna deux ou trois coups de son marteau de géologue, et ramena au jour un beau morceau de glace à la pistache. J'écarquillai les yeux, comme Saint-Thomas devant les stigmates, et, de ce jour-là, fermement et pour toujours, je *crus*.

☆

La nuit de la campagne, quand l'œil quitte un instant l'axe des phares de la voiture, ou y plonge à travers la vitre d'un wagon, a changé d'âme. Au lieu et place des petites veilleuses jaunes, tremblantes et exposées comme une bougie dans sa lanterne, assiégées et battues par la nuit, qui signalaient les villages — présence humaine à peine matérielle et presque mystique, plus semblable aux feux de position d'une flottille de pêche dans le grand large qu'à un réseau d'éclairage urbain — de lourdes et grasses constellations de larmes mercurielles qui semblent pleuvoir de la voûte obscure éclaboussent, violent et fragmentent la nuit paysanne, qui cède partout de son mystère, comme une forêt noire taraudée par les essartages.

☆

Le piano des maisons bourgeoises : nuisance *sui generis* du premier quart de ce siècle, alors presque la seule : son souvenir reste lié à mes « sorties » du dimanche et à la chaleur de l'été tombant l'après-midi tous stores baissés sur les rues silencieuses du quartier Saint-Similien à Nantes. Ce morne et volumineux clapotement, derrière les persiennes closes, du piano dominical, obsède les poèmes de Laforgue et a dû plus d'une fois désaccorder les nerfs de Proust : « Il y a pourtant quelque chose qui est capable d'un pouvoir d'exaspérer où n'atteindra jamais une personne : c'est un piano. » (Sodome et Gomorrhe)

☆

Ennui de Saint-Florent : non plus celui du « trou perdu » de mon enfance (où je ne m'ennuyais jamais) au temps de l'*omnibus* de l'Hôtel de la Boule d'Or, des wagons à bouillottes et des gares à lampisterie, mais plutôt celui d'une petite ville américaine : boutiques nickelées et chromées, *parkings*, « intérieurs » de série, âmes fonctionnelles et robotisées (plus qu'à la ville) insipidité aseptique. Le dernier des ivrognes exubérants et pittoresques que nos acclamations de gamins poursuivaient le dimanche dans les rues est mort il y a quelques années de sa cirrhose, ultime rejeton d'une longue lignée ; son ivresse était devenue taciturne et morose : l'après-midi, il traversait la Loire pour contempler du café d'en face, solitaire devant sa *chopine*, le café où il avait bu pendant la matinée. Il mourait, je crois, de son chagrin autant que de sa cirrhose : il ne reconnaissait plus cette bourgade taylorisée et ouvrière qui avait vendu son âme au *marketing* rationalisé, et jeté dans la Loire la clé des vignes du Seigneur.

☆

Quand je passe dans les rues de Saint-Florent, ou quand je me promène sur les bords de la Loire, je m'étonne de l'absence de jeux et de cris d'enfants là où, à huit, à dix ans, nos bandes menaient leur train sur le quai et le long des buissons de la rive. A cette époque, on construisait les *épis noyés* de la Loire navigable : de hautes piles de claies de châtaignier s'entassaient sur la cale : le grand jeu était d'y grimper et de sauter sur le pavé du quai de la plus grande hauteur possible. Dans les fourrés d'orties et de ronces qui s'accotent au mur des jardins du bord de l'eau, nous construisions des cabanes clayonnées de branches de frênes : rien n'était gai comme de se tenir tapis là à trois ou quatre loin des maisons adultes, pendant que l'averse battait les branches et que du toit de brindilles une à une les gouttes nous coulaient dans le cou. Plus tard, quand on me permit de conduire le bateau, le dédale des petites îles feuillues que les atterrissements de la Loire allongeaient à la queue de l'île Batailleuse devint notre repaire : là où s'étend maintenant un champ labouré il y avait des *igarapés* boueux entre les saules, des îlots vierges, larges de quelques mètres, envahis de roseaux et d'aulnes, où robinsonner à loisir. J'ai encore dans l'oreille le bruit espacé, plat et liquide, des avirons quand nous nous glissions en froissant les branches le long de ces marigots tapissés de vase ; à travers les feuilles on apercevait le haut clocher du Mont Glonne d'où tombaient les heures ; un coin d'Amazonie ou de Louisiane s'embusquait là, intact, long d'une centaine de mètres à peine, mais suffisant pour l'imagination : elle y convoquait le modèle de ce mystérieux îlot qui dans *Nord contre Sud* sert de refuge et de prison aux sanguinaires jumeaux *Texar*.

Dans ces lieux que pour mon souvenir emplit encore notre tapage, il n'y a plus ni bruit ni jeux, et mon oreille s'en étonne. Ce sont les adolescents dont les cyclomoteurs aujourd'hui pétaradent dans les rues ; le travail alors éteignait leur bruit de bonne heure : à quatorze ans de petits hommes déjà, fanés et grisâtres, brutalements débranchés de l'enfance par la sortie de l'école comme par un court-circuit. Mais peut-être, pour ces bruits dont l'absence me surprend et me déroute, n'ai-je plus l'oreille qu'il faudrait, peut-être ne sais-je plus les retrouver où ils se cachent — et sans doute, il y a un demi-siècle, les hommes d'âge, comme on dit, ne percevaient-ils pas davantage le bruit menu que nous faisions, et qui nous semblait un tintamarre. Les années referment derrière nous des portes : avec le monde de nos commencements, qui se recrée derrière nous, sans nous, non seulement toute communication nous est interdite, mais la perception même nous en est retirée : le mécanisme par lequel l'enfance détecte l'enfance et la rejoint n'est guère moins secret et mystérieux que celui qui rassemble pour les noces les espèces rares de papillons.

☆

Le film *La Belle et la Bête* (où les scènes bourgeoises sont tellement plus singulières, plus attirantes que les scènes féeriques) et la séquence où les sœurs de Belle étendent les draps, tout à coup rappelle à moi du fond de mon enfance la *lessive*, espèces d'États Généraux domestiques où deux fois par an, à côté de notre bonne, de celles de mon grand-père et de ma tante, se rassemblait le ban et l'arrière-ban des laveuses — la mère Piton, la mère Huchon, la mère Horeau — solides commères en coiffe à la langue affilée, qui établissaient pour deux jours au bord de la Loire leur *boîte* garnie de paille où elle lavaient à genoux, meurtrissant le linge sur une planche à grands coups de leur battoir sonore. Ensuite, on *étendait* au bord de l'eau, au-dessus du lé de prairie étroit qui longe la Loire, sur deux cents mètres de fil de fer accroché aux perches municipales ;

ma taille d'enfant brusquement ressuscite du souvenir de la gifle rugueuse et glaciale que je recevais au passage du bout pendant des draps mouillés.

La lessive sèche, on pliait les draps après les avoir étirés, ce qui s'opérait à deux, en les serrant fortement par chaque bout et en me balançant d'avant en arrière assis au milieu du drap plié en huit sur le rythme lent d'une petite chanson dont je me rappelle encore le début

Roulons-le, le père Mathurin
Roulons-le dans une brouette

Puis, comme une escadre après avoir déployé au soleil l'orgueil de son grand pavois rentre au carénage, la lingerie — où s'assemblaient ma mère, ma sœur, la bonne et la lingère, pendant des jours repassait et poussait l'aiguille, et les hautes piles de linge bardées de lavande revenaient bonder les étagères des armoires, emplissant les chambres pour des semaines d'un parfum frais, neigeux et modeste.

Avec la lessive, les confitures, les nettoyages de la Toussaint, le rangement du grenier, la mise en bouteilles, la salaison du porc, l'année d'une maison du bourg, pleine de branle-bas rituels et périodiques, ressemblait encore à demi à l'année paysanne ; un rythme organique, toujours vaguement tributaire des saisons, y ragaillardissait les Pénates et les dieux Lares, disciplinait l'écoulement des jours, en chassait à demi l'ennui ménager du quotidien.

☆

De ma fenêtre, les villages que j'ai sous les yeux dans l'éloignement me paraissent plus proches qu'autrefois. Il gîtait dans l'enfance non encore motorisée le vif sentiment d'un no man's land, d'une zone ensauvagée de terrains vagues et de friches forestières, longue et hasardeuse à traverser, qui isolait profondément l'un de l'autre les centres habités, comme la *civitas* romaine cernée par les *saltus*. Le sentiment magique du voyage, qui est toujours un peu celui de la transgression, pacageait dans ces marges indécises et énigmatiques : j'ai cessé aujourd'hui de le ressentir. Tous les ressorts secrets d'un livre comme le *Grand Meaulnes*, où le fantastique enfantin de la distance joue un rôle si éminent (dans l'équipée de Meaulnes, dans les conciliabules du grenier, et, à l'état pur, dans l'épisode de la chasse aux dénicheurs) s'en sont trouvés brusquement accidentés.

☆

Tandis que je reviens en voiture de Sion à Saint-Florent, une fois de plus, l'œil fasciné, j'observe au long de ma route la destruction du Bocage partout en cours, mais avec une rapidité très inégale : ici des clairières anguleuses aux contours nets comme ceux d'une plaque de pelade attaquent à l'emporte-pièce le lacis serré des haies, ailleurs la fourrure s'effiloche seulement comme un tissu usé dont la trame s'éclaircit ; les souches des *têtards* s'accumulent en tas informes et charbonneux, où la flamme n'a pas mordu plus loin que l'écorce. La vraie surprise pour l'œil est dans les bâtiments des fermes, invisibles jusque-là même à très courte distance, acagnardés séculairement dans l'encoignure des haies et qu'on découvre maintenant de loin au fond des vastes clairières rases ; il reste sur ces maisons nourries à l'ombre, et qui semblent cligner encore de tous leurs volets dans le grand jour, quelque chose de peureux et d'effarouché ; la disposition même des bâtiments et de la cour s'ajuste mal à l'*open field* qui maintenant les débusque et les expose — la gaucherie d'une femme qui marche nue pour la première fois sous un regard traîne sur ces tanières brutalement dévoilées qui semblent rameuter encore du geste autour d'elle le fantôme du fourré d'épines abattu.

Nul homme sans doute en Europe, jusqu'à nous, et même pas lors des grands défrichements néolithiques et médiévaux, qui prirent des siècles, n'a vu une vaste contrée changer de visage aussi vite, et une suggestion de sensualité neuve, liée à la transgression, monte par instants de la terre soudainement dénudée et encore frissonnante : les premières nuques rasées des *années folles*, après des siècles de crinière intacte, durent communiquer ce sentiment de secret et d'interdit touffu, soudain dévoilé, dont la saveur reste ambiguë. La vue partout supplante l'ouïe, si longtemps ici aux aguets des bruits cachés : d'une ferme à l'autre un signe de la main traverse une distance que franchissait seulement le chant du coq.

☆

Du temps que les maisons étaient grises. Dans la mesure où on accorde à l'environnement matériel une influence sur la coloration des idées, sur le ton de la sensibilité, rien n'aura marqué davantage la génération qui est la mienne que l'incroyable figement du paysage rural et urbain pendant beaucoup plus d'un tiers de siècle, entre 1914 et 1950. Tout était transformation, et transformation rapide, du Second Empire à la Belle Époque, et jusqu'à 1914. Tout est bouleversement depuis vingt ans. Reste cet entre-deux paralysé, ce palier rigide au milieu de la courbe de croissance, ce *ne bougeons plus* singulier au milieu duquel nous avons poussé et grandi, et vécu jusqu'à quarante ans, sans que rien pousse ou grandisse autour de nous. Une génération du changement à vue se heurte aujourd'hui sans intermédiaire à une génération de la stagnation pure : elle ne se serait pas heurtée avec autant de brutalité à celle de Mac Mahon.

Jusqu'à la fin de la guerre de 1939-45, je n'ai pas vu construire en tout à Saint-Florent plus d'une demi-douzaine de maisons (et j'en ai vu démolir plusieurs).

Chaque année qui nous ramenait à Pornichet, nous ne nous lassions pas de parcourir les avenues, stupéfaits de voir sur cette seule enclave atypique les villas pousser d'une année à l'autre comme l'explosion de quelque sève exotique. Chacun prédisait d'année en année une fin brutale à ce prurit bâtisseur, comme on s'attend de voir un corps sain résorber une éruption locale.

Les rares constructions neuves, dans les bourgs, étaient absorbées sans effort, en quelques années, par la grisaille ancestrale et dominante : une hibernation prolongée, suivie d'une période de construction hyperactive, a abouti aujourd'hui à ces surprenants bourgs bicolores — blancs et gris — presque dédoublés, qui semblent attester la solution de continuité d'un changement d'ère, comme en géologie une lacune dans la sédimentation.

☆

Quand je passe sur la route de l'*Humeau*, à gauche de laquelle depuis quelques années des maisonnettes sont venues s'aposter au large parmi les rangs de vigne, une image immanquablement m'envahit et m'absorbe, attirante et singulièrement paisible. Très haut au-dessus de la vallée du Rhin, quelque part dans la *trouée héroïque*, je suis à pied un chemin qui va à flanc de coteau parmi les vignes ; de petites maisons de campagne essaimées çà et là au-dessous de moi suggèrent une idée capiteuse de bonheur simple et domestique. La vue du Rhin étincelant est splendide, l'après-midi avancée ; une lumière dorée arrose les vignes : tout est calme et paix, à la fois agreste et solennelle. Je chemine en compagnie d'un ami de rencontre vers sa maison du coteau, où l'attend une jeune femme. Cette image est tout ce que j'ai retenu — ou peut-être réinventé aux trois-quarts — d'une nouvelle de Tourguéniev, déchiffrée il y a longtemps dans une édition bilingue quand je commençais à étudier le russe : *Assia* — et c'est pour moi peut-être le cas limite du *livre-vignette*, où l'imagination n'a choisi, dans tout le cours d'une durée peuplée — et pour le développer parfois au-delà de toute mesure — qu'un seul *instantané*.

☆

Mon père. Pendant une trentaine d'années, entre 1888 et 1918, me semble-t-il, il « voyagea » pour la maison de commerce — une *mercerie en gros*, mais je crois qu'on dirait aujourd'hui plutôt de demi-gros — qu'il avait créée en association avec mon oncle. Ma mère et ma tante tenaient les « écritures » dans de gros registres noirs à garniture de cuivre installés sur des espèces de lutrins, un livreur, Jean Bourcier, véhiculait les commandes à domicile, trois ou quatre employés *atteignaient* les marchandises sur les rayons et confectionnaient les paquets. Un panier qui coulissait sur une tringle et traversait la rue du Grenier à Sel raccourcissait l'acheminement des marchandises depuis le *magasin d'en face* — devenu la maison que nous habitons encore — dans la cave actuelle de notre maison, une *peloteuse*, actionnée à la main par un volant, embobinait la laine livrée en écheveaux : considérable et bruyante machine qui vrombissait dans son bas-fond et fabriquait d'un coup une vingtaine de pelotes. Quand je regarde aujourd'hui la maison où vivent, au large il est vrai, trois locataires, il me semble que tout cela devait être quelque peu lilliputien : outre le magasin se casaient là trois ménages : mon grand-père et sa bonne Julia, la famille de mon oncle et leur bonne Nanette, nous et notre bonne Marguerite.

Mon oncle *voyageait* dans le secteur au nord de la Loire, mon père au sud : il y avait pourtant de part et d'autre de la ligne de démarcation quelques enclaves, cosouverainetés et chevauchements mystérieux, comme au long des frontières de l'ancien régime : tout cela remontait dans la nuit des temps, bien au-delà de ma naissance, à l'époque à demi fabuleuse de la fondation, de l'*association*. Les *tournées* de mon père couvraient à peu près la moitié de l'actuel arrondissement de Cholet et le débordaient un peu à l'est : il les faisait avec la jument *Volante* dans une sorte de cabriolet à deux places, à capote et tablier de cuir — derrière, dans un coffre de bois noir, il mettait les valises aux échantillons, lourdes cantines noires et rigides à courroies et cornières jaunes ; il en transportait bien, je pense, quatre ou cinq.

Parfois il rentrait le soir, parfois tous les deux ou trois jours ; les tournées les plus longues, où il visitait les confins pour moi à demi mythiques, l'Ultima Thule de son aire commerciale : le Doré, la Poitevinière ou Joué-Etiau, prenaient toute la semaine. Les frontières ne bougeaient jamais, pas plus que la mouvance d'une abbaye ou d'une châtellenie féodale : je ne me souviens pas qu'on ait jamais abandonné un seul hameau compris dans les « tournées » ou annexé un nouveau village. Quelquefois mon père, au retour, le front un peu nuageux, signalait le passage d'un concurrent : *Lemonnier*, de Chalonnes, ou, terrifiant pour moi par son nom beaucoup plus que par son entregent dans le négoce, le redoutable *Montfort-Ferrapied*. Mais ces rivalités commerciales avaient perdu depuis longtemps leurs angles vifs ; on savait depuis belle lurette à quoi s'en tenir l'un sur l'autre, comme des gens qui depuis des années se mesurent tous les dimanches à la belote ou à la pétanque : les zones d'influence, stabilisées, s'imbriquaient et s'enkystaient paisiblement : on était confrères beaucoup plus que concurrents. J'ai vécu ainsi, pendant toutes mes années d'enfance, dans le chef-lieu d'une circonscription épicière aux frontières taillées en zigzag à travers arrondissements et cantons, petit fief d'une soixantaine de villages dont j'entendais chaque matin égrener la litanie des noms, quand ma mère et ma tante *appelaient* les commandes devant les gros registres noirs : bizarre principauté de cinquante mille hectares qui, à travers les récits et les anecdotes de mon père, le soir, autour de la table de famille, avait ses légendes, sa chronique et ses menus drames, ses héros rabelaisiens ou picaresques où s'enroulait toute une *saga* villageoise : Jules Abélard, de Sainte-Christine, ou Joseph du Doré.

Mon père était sûrement un excellent vendeur. Il ne m'a pas légué un seul trait de son caractère, ni de son tempérament. Il était sanguin, les joues couperosées (L. venu passer quelques jours à la maison, et qui le vit dans sa vieillesse, était frappé de son aspect « colonel de l'armée des Indes ») toujours en mouvement, gai, cordial, incroyablement sociable, vif, impatient, « soupe au lait », boute-en-train, malicieux sans méchanceté (il faisait d'excellents numéros d'imitation de ses clients) intarissable en anecdotes; une vraie chronique itinérante de cinq cantons. Je crois qu'il était populaire dans tous ces villages des Mauges, où on s'est souvenu de lui de longues années : son arrivée annoncée quelques jours à l'avance par un *avis de passage*, était un petit événement, et le bruit des grelots de Volante à l'entrée du bourg attroupait en quelques minutes à l'auberge où il descendait les cinq ou six retraités, flâneurs, bricoleurs, buveurs de muscadet, chanteurs, pêcheurs à à la ligne, joueurs de boules ou d'aluette toujours libres de leur temps, toujours par les rues, que recélait alors chaque petit village : les *occupations* étaient incroyablement plus élastiques, plus évasives qu'aujourd'hui : on y vivait de rien, on se retirait à cinquante ans. Le maréchal-ferrant sortait de son échoppe, les mains sur les hanches, alerté par le claquement des sabots de

Volante, dont le trot, paraît-il, était incomparable. On prenait rendez-vous dans la soirée, le travail fini, pour les distractions simples de ce temps-là, partie de manille ou d'aluette de l'apéritif, pêche de nuit aux écrevisses, avec les *balances*, ou bien le matin dès l'aube, pour *aller aux champignons*. Pour certaines tournées, mon père, qui jouait agréablement du violon, emportait son *crin-crin* dans sa boîte de bois, et après dîner, autour des verres de muscadet, s'organisait parfois une sauterie sans prétention. C'était toujours le cas au *Doré*, village nain et perdu d'une quinzaine de maisons, tapi dans les arbres, haut lieu des chroniques de mon père, où son passage tenait un peu lieu, je crois, de l'*assemblée* annuelle, et qu'animait alors avec lui un sympathique boute-en-train, chasseur, et rimeur de campagne, du nom de Joseph du Doré. Quand je repense aux récits de mon père, et à tout ce que signifiait pour ces coins perdus, enterrés sous la feuillée du Bocage, le passage d'un *voyageur* : nouvelles, « commissions » confiées par les bourgs voisins, petit courant d'air de la route, vent coulis du dehors et presque du lointain, j'ai peine à m'imaginer à quel point on y vivait reclus et on y tirait tout de sa substance : sans radio, sans autos ni autocars, sans journaux (les notables à peu près seuls lisaient le *Petit Courrier*, pour les avis de décès). Mais les *types* locaux, l'originalité drue et franche de caractère ou de langage, y foisonnaient, non élagués, poussés librement sur le terreau. De cette chronique d'un temps perdu qui s'entretissait et s'étoffait autour de la table de famille chaque soir monte l'image d'une humanité simple, lente, patoisante, cordiale, bavarde, prompte à la goguette, fleurissant avec naïveté sur son terroir minuscule, comme la giroflée dans son pot à fleurs.

Si j'ai quelque penchant pour la poésie, et souvent pour celle qui monte de la Terre, c'est de mon père que je le tiens. Il n'avait aucune culture littéraire, et, je crois bien, n'avait rien lu, ayant quitté après trois ou quatre ans le collège *Chevrollier* sans en garder grand-chose, pour entrer en apprentissage. Je n'ai d'ailleurs jamais vu un livre à la maison, que les vieux livres de prix de ma mère rangés pour toujours au fond d'une armoire derrière l'eau de Cologne et la boîte à bijoux. Mais il dessinait, aimait la musique, et avait pour elle quelque aptitude, avec un culte pour les airs du *Trouvère*, l'*harmonie imitative*, et la Méditation de *Thaïs*. Et je crois qu'il ressentait profondément les pauvres charmes de ce coin du Bocage dont il connaissait, à toutes les heures et par tous les temps, tous les chemins. Quand j'y roule en voiture, et que s'amorce devant moi une de ces *côtes* de péril, au nom redouté, qu'on ne descendait alors que le front soucieux, en tirant sur les rênes et en serrant à fond la *mécanique*, côte du Grand Moulin, de la Croix Baron, du Pélican, je me l'imagine toujours vivement, tel que le soir à table il nous faisait part de son plaisir, nouant à la tringle de fer, par dessus le tablier de cuir, les rênes de Volante qui se mettait au pas avec la montée, roulant dans ses doigts sa cigarette, attentif aux chants des oiseaux, aux lents charrois de la campagne, à la plongée, le soir, du soleil jaune, au brouillard qui se lève le matin sur les champs de choux enfondus (il partait très tôt, à six heures, six heures et demie : à sept heures toutes les boutiques alors étaient ouvertes) Je crois qu'il était là souvent pleinement, parfaitement heureux. Quand je passe par le bourg de Saint Rémy en Mauges, et que je descends, à la sortie vers Montrevault, le raidillon de la vallée étroite à mi-pente duquel s'accroche le clocher, je sais, j'ai compris à demi-mot que là, un soir, prenant le frais après dîner par la plus belle nuit d'été, et entendant à travers les vitraux un chœur d'enfants qui répétait dans l'église, pendant quelques minutes il a été dans le ravissement, et je me sens brusquement tout proche de lui, si différent de moi.

Il était toujours vêtu avec soin et même coquetterie, de gris sombre ou de bleu marine, le faux-col rabattu et empesé fleuri de la cravate à *système*, le chapeau mou et à bords roulés, une chaîne de montre en or à son gilet. Tout cela se passait dans des temps très anciens, au long de petites routes de terre méandreuses et crevées d'ornières, fraîches, perpétuellement encavées sous les frênes nains et les aubépines, où il ne passait personne — dans des creux de maisons grises, des recoins, des écarts moyennâgeux perdus derrière les haies, plus ensevelis que des cimetières : le Fief Sauvin, les Recoins du Fuilet, la Salle Aubry — dans des auberges miniaturistes qui deux ou trois fois l'an, les jours de foire ou d'enterrement, logeaient à pied et à cheval — des boutiques moisissantes et sans fenêtres, au carrelage spongieux, où des femmes sans âge, endeuillées, empesées, encoiffées, ensachées jusqu'aux pieds dans une penderie informe, vendaient des bâtons de réglisse, des talonnettes à pivot, des hameçons, des bougies, des guimpes, des tire-boutons, des *cache-corsets*.

☆

Des changements se font d'année en année parmi la *gent ailée* que j'observe pendant mes promenades dans la campagne. Cet après-midi, c'est un vaste troupeau de mouettes que je vois pâturer au long de la route dans un champ de blé de la *Sourderie* : on dit qu'elles changent progressivement d'habitat, et soit la pollution, soit le dépeuplement de la mer, abandonnent la pêche côtière pour aller de plus en plus loin vers l'intérieur pâturer dans les champs. Cette congrégation toute blanche sous le soleil, picorant le duvet vert jaune du blé à peine levé, me paraissait curieusement exotique : jamais autrefois on ne voyait près de la Loire une mouette se poser — quelques-unes tout au plus tourbillonnaient parfois au-dessus du fleuve en amont du pont, toujours annonciatrices de tempête et plus infaillibles que le baromètre. Un mot m'est revenu en souvenir à ce spectacle, mot que Chateaubriand emploie dans le début des *Mémoires* et qui me plaît : *campagnes pélagiques*. Et par analogie aussi, un passage du Rivage des Syrtes dont le rappel m'a amusé : celui où il est question des marins désaffectés de l'Amirauté qu'on loue comme bergers dans les fermes des steppes. Le même vif sentiment de déchéance qui passe alors dans le livre se faisait jour au long de ma promenade, tel qu'il s'exprime superbement dans la moitié des poèmes des *Amours Jaunes de* Corbière. Qui passe des travaux de la mer à ceux de la glèbe déroge immanquablement : il n'y a sans doute pas un peuple où cette dégradation ne s'exprime par la chanson ou par la légende — et les animaux eux-mêmes ne sont pas exceptés : à voir ces magnifiques volateurs planer au ras des haies et sautiller si blancs sur la glaise mouillée, la perte de noblesse que l'homme inflige d'année en année au monde qu'il souille apparaissait évidente : ces plumages de neige pataugeant dans la boue du dégel étaient aussi dégrisants pour l'œil que des nomades *sédentarisés*.

☆

Il suffit que la télévision ait montré une courte séquence du championnat du monde de demi-fond, et ma vieille passion pour ce sport aujourd'hui agonisant remue de nouveau en moi, et je vois encore tourner autour de l'anneau du Parc dans le fracas de mitrailleuse lourde des motocyclettes énormes — le visage scellé et inhumain sous le heaume de cuir, assis sur leur vitesse comme les dieux d'Homère sur leur nuage — ceux qui étaient bien pour moi les demi-dieux de la piste : Terreau le finisseur, Auguste et Georges Wambst, les deux frères, comme il y avait Castor et Pollux, Maréchal le cabochard, et Lacquehay avec son nez busqué, son masque figé d'Indien qui le faisait surnommer *La Longue Carabine*. J'avais l'*aficion*. Chacun des préparatifs me donnait un coup au cœur; je ne perdais pas un détail du rituel, j'étais comme les fanatiques de l'arène qui vont voir le débarquement des taureaux, le tirage au sort des bêtes, qui rôdent juste avant cinq heures dans la *cour des chevaux*. Je savais par le menu l'ordonnance du spectacle; la première moto débouchant sur la piste comme d'un toril, les ratés bafouillants de son ralenti, les longs mancherons de l'engin au bout des poignets du mannequin de cuir noir, puis la seconde, la troisième, la sixième, et dans l'essai à pleine vitesse la cuve du stade enfin habitée de son chapelet inhumain d'explosions. Apparaissent les stayers, fragiles et chatoyants sous le maillot de soie, rangés le long de la piste l'un derrière l'autre, la main du soigneur au dos de la selle, jetant un coup d'œil oblique vers le brutal cheval sauvage qu'il va falloir saisir au bond par les crins. Menus, gauches, engourdis, échoués au bord de la piste comme des poissons sur la berge, avant que les soulève le grand courant torrentiel. Le commandement du starter poitrinant : « Messieurs les sta — yers, préparez-vous. » Le peloton emmêlé des motos qui n'arrivent pas à se mettre en ordre, plus sourdes, plus stupides qu'un troupeau de bisons. Le claquement du pistolet, la reptation lente des pantins colorés, écoutant l'énorme grondement déchaîné qui fond sur eux, et derrière eux déjà escalade le virage, guettant chacun de l'oreille le croulement de leur tonnerre particulier, puis la folle plongée oblique dans le virage, et, d'un seul coup, huilé, pacifié, ailé par la vitesse, le miracle des deux moitiés du centaure ressoudées.

Ma place préférée était à l'amorce du virage, où on voyait de face les engins grandir immobiles et attaquer la falaise du virage comme s'ils s'enlevaient sur un tremplin. Les entraîneurs, chevauchant droit debout leur forge du tonnerre, d'une rigidité inhumaine sous le caparaçon funèbre, passaient comme la statue du Commandeur. Ce n'était pas beau; c'était parfaitement étrange : un peu de chair vive insérée périlleusement dans ce brutal réseau de forces mécaniques inexorables : aspiration, friction, centrifugation, pesanteur. Dès qu'un stayer *décollait*, il semblait brusquement s'éteindre comme si on avait tourné un commutateur, soudain englué sur la piste comme une fourmi, court-circuité par l'influx magique.

Nulle course de longue durée (sauf lorsqu'un coureur domine le lot, tourne autour de lui et réduit la course à une longue promenade fastidieuse) ne garde un intérêt aussi constant. J'ai encore le souvenir d'une bagarre déchaînée de bout en bout, pendant une heure et demie, une lutte au couteau, sans trêve et sans merci, entre cinq hommes qui ce jour-là voulaient le succès avec fureur, du public debout et hurlant, d'une clameur longue et sans interruption aucune, d'une fin de course fantastique de Terreau surgissant de l'arrière, *ramassant les morts*, et balayant soudain la piste tout seul, comme le passage d'une chasse fantôme. Vainqueur, il secouait son bouquet vers le public en trempant de larmes, tout autour de la piste, le maillot tricolore qu'on venait de lui passer : il ressemblait au vers de Nerval : *Un jeune homme inondé des pleurs de la victoire.*

Je parle d'un temps qui sans doute ne reviendra jamais. Il est cinq heures ; la piste de l'ancien Parc sous le soleil oblique est déjà plus rose ; les menus hors d'œuvre : l'épreuve de vitesse amateurs, la course par élimination, l'omnium pour jeunes coureurs « n'ayant pas encore remporté de victoire », la ronde démeublée des poursuiteurs sont terminés. L'anneau sommeille — un début de remue-ménage se fait dans le peloton des officiels — le silence tombe sur le public avec la première fraîcheur : le premier scarabée humain, au bout de son engin long comme une locomotive, cahote et tressaute sans qu'on l'ait vu entrer, hoquète comme sur une route pavée, puis soudain met les gaz ; le Bruit souverain éclate où les cœurs se libèrent, et remplit le stade jusqu'au haut des gradins : on va passer aux choses sérieuses.

☆

A Ancenis, cet après-midi, j'ai tenté de retrouver la rue où, en 1919 et 1920, le jeudi après-midi, j'allais prendre ma leçon de piano chez les demoiselles R. Je ne sais si une sensibilité d'enfant est capable d'enregistrer, de déceler dans une scène vécue le timbre exact que viendra réveiller plus tard la lecture d'un grand romancier — mais si cela peut être, c'est bien rue Barême, à neuf ou dix ans, que j'ai découvert Balzac. Une ruelle aux larges pavés inégaux, sans trottoirs, perpétuellement vide et, me semblait-il, perpétuellement pluvieuse — une ruelle suintante qui paraissait en marge de la vie, sans une boutique, sans un cri d'enfant, bordée de grises maisonnettes à un étage où devaient habiter des chaisières, des prêtres retraités, des ouvrières en chambre, une ruelle du morne silence (elle a à peine changé) me conduisait à la géhenne glaciale où j'avais à passer une heure. Au cœur de l'été, on y grelottait. Il y avait un salon dans cette maisonnette — minuscule, moisi, sépulcral, ses *jalousies* éternellement baissées sur la ruelle vide — un salon et un piano. Mademoiselle R. ouvrait à mon coup de sonnette ; de ses mitaines sortait seulement le bout de ses doigts, elle plaçait sans mot dire la partition sur le piano, je commençais mes gammes ; assise près de moi, toujours sans mot dire, de temps en temps elle me tapait légèrement, séchement sur les doigts, soupirait : je recommençais, les dents serrées, les doigts raides, petit Sisyphe musical et résigné : je crois que nous n'arrivâmes jamais au bout du cahier d'exercices. L'heure finissait par s'écouler, je partais, ma poitrine se débloquait ; je n'avais pas prononcé un mot.

Les demoiselles R. ont dû vivre là, rue Barême, jusqu'à la fin, dans la pénombre et le froid glacial, le châle serré autour des épaules, n'attendant plus rien et à jamais de la vie que les maigres « rentrées » de fin de mois qui permettaient de manger — mortellement impécunieuses et solitaires, petits fantômes noirs et muets, la guimpe haute autour du cou, les lèvres serrées, peu à peu gelées vives, mais au milieu des meubles de famille, et gardant jusqu'à la fin une dernière apparence de rang : des *demoiselles* toujours, et vivant d'un travail de dame. Tout cela — plus proche finalement que de Balzac du Julien Green d'*Adrienne Mesurat* — cet enlisement lent, cette rigidité et ce froid funèbre qui figeait peu à peu, longtemps avant la mort, un couple de vieilles filles ruinées au fond d'une ruelle de sous-préfecture, je ne le comprenais sans doute que très confusément. Et pourtant quelque chose en passait jusqu'à moi, non à travers les lèvres serrées qui ne s'ouvraient jamais, mais dans la tape sèche sur les doigts dont j'ai gardé le souvenir : ressentiment raidi, muré, glacé, contre l'injustice inexplicable, le piano, le froid, la pénombre, la ruelle mouillée, la mort venue avant la mort.

Le supplice de la musique dura six ans. Après les jeudis infructueux d'Ancenis, qu'on ne devait considérer que comme une sorte de question préalable, je fus soumis à l'épreuve du violon (mon père en jouait passablement, et il était entendu d'avance dans la famille que j'en jouerais aussi.) Le verdict de M. P..., mon professeur au lycée — un nain plein d'entrain et d'exubérance qui venait pêcher le brochet, l'été, à Saint Florent — fut bref et rapide : *Aucune qualité violonistique*. Ma famille s'obstina : pendant des années encore, outre les leçons, trois fois par semaine je me trouvai condamné à *étudier* une heure durant, pendant la récréation de midi. Je m'installais dans une classe vide qui donnait sur la cour d'honneur ; des raclements désenchantés se faisaient entendre dans les classes proches, qui contenaient chacune leur reclus, privé lui aussi de récréation. Pour « étudier », il fallait se tenir sur l'estrade ; le surveillant général qui faisait sa ronde vérifiait en passant d'un coup d'œil à travers la porte que l'affaire allait son train. J'ouvrais l'étui, je commençais à faire grincer les cordes — bientôt, découragé par la cacophonie, je jetais la boîte à chagrins sur le bureau, et je m'asseyais dans la chaire professorale, observant du point de vue neuf que pouvait avoir le maître la constellation au plafond des boulettes de papier mâché, certaines avec leur pantin encore accroché au bout du fil — mais bientôt la tête du surveillant général, alerté par la cessation prolongée des bruits discords qui s'échappaient de l'instrument, s'encadrait dans le vitrage de la porte comme la statue du Commandeur. Outre l'ennui de ces mortelles heures, le gâchis me navrait : bon fils, je sentais vivement que je dilapidais l'argent de ma famille ; enfin je me trouvai définitivement réformé. Il me reste de ce naufrage une aversion décidée pour la sonorité du violon, dont le solo m'est désagréable — je ne le supporte que buissonnant en masses, tel que Wagner l'emploie dans le prélude de *Lohengrin.*

☆

Je n'ai jamais été initié aux échecs. J'ai tâtonné dans leur direction de moi-même, sans guide, difficilement, mais obstinément, je leur ai appartenu dès le début sans que j'y eusse la moindre aptitude, comme la boussole au pôle magnétique. Un de mes camarades du lycée m'apprit un jour (je devais avoir treize ans) les mouvements des pièces, qu'il se trouvait connaître approximativement par quelque hasard, car il ne jouait jamais. Très approximativement, car pendant assez longtemps j'ignorai les règles du roque et de la prise en passant, et je crus licite d'avancer simultanément d'un pas deux pions encore sur leur case de départ. Je tombai d'abord sous le charme non du jeu, auquel je ne comprenais rien, mais des figurines, qui exercèrent d'emblée sur moi une magie ; il me semblait qu'un pouvoir s'y embusquait, comme dans les arcanes du tarot : il y avait là quelque chose d'un jeu sacré. Je n'avais pas d'échiquier, j'en fabriquai un avec une planchette et de l'encre. Puis je taillai des pièces, grossièrement, avec un couteau. Muni de ce matériel rudimentaire, dans un coin de l'étude, le dimanche, je poussais du bois sans me lasser, à peu près n'importe comment, en compagnie de quelque garnement consigné. Un jour — à Champtocé, dans la vieille maison de famille — je découvris dans un numéro de journal, qui avait dû servir à envelopper un paquet, toute une partie reproduite et annotée. De voir consacré par l'imprimé ma lubie à demi clandestine me laissa comme étourdi de surprise, de respect et de mystère ; je ne connaissais rien de la notation : j'étais devant ces signes incompréhensibles comme Champollion devant la pierre de Rosette. Quand une brochure de dix sous, un peu plus tard, m'en livra le secret je me mis aussitôt à noter toutes mes parties. J'en possède encore deux ou trois carnets remplis : l'incohérence, le décousu, la stupidité du jeu des Crusoé de l'échiquier que nous étions tous (j'avais formé cinq ou six adeptes) y sont de bout en bout si remarquablement constants que je m'étonne moins des siècles écoulés et des millions de parties jouées, jusqu'à Philidor, sans que le sens du jeu ait fait le moindre progrès. Enfin je découvris Philidor, dans une arrière-boutique de libraire — puis, en 1929, le livre de Réti : *Modern Ideas in Chess*, qui est un peu le Manifeste du Surréalisme échiquéen, me donna à Londres tout un été de découverte et de bonheur. En 1931, ce fut Niemzovitch et *Mein System*. J'ai dû tout aux livres, et presque rien à la pratique du jeu, restée chez moi très intermittente ; outre une inaptitude naturelle avérée, ma faiblesse supplémentaire dans le jeu, — celle-là acquise — est un peu celle d'un gratte-papier qui, ayant à écrire une lettre d'affaires, se demanderait malgré lui à chaque instant comment l'eût abordée Racine, Baudelaire ou Victor Hugo. Non pas joueur d'échecs, mais plutôt amateur de parties, comme on l'est de tableaux.

☆

Sur l'échiquier, le carré de l'hypoténuse est égal au carré de chacun des autres côtés. *Réti* a tiré de là toute la singularité de certaines de ses études pour les fins de partie, qui semblent parfois marquées de sorcellerie.

☆

Marines

A Sion, dans le petit appartement haut perché au-dessus de la mer qui me rappelle le retour de New York sur le *France*, et que j'ai envie d'appeler le *paquebot*. Quand on pousse la porte, devant soi, par toutes les baies on ne voit que l'eau et les vagues ; c'est en avançant jusqu'au balcon seulement, à marée haute, qu'on découvre à ses pieds une étroite lisière de terre qui plonge vers l'eau en falaise courte. Devant soi, on a l'île d'Yeu, qu'on aperçoit à l'horizon par temps très clair, un jour sur trois. A droite, la longue plage et les falaises habitées lointaines de Saint-Jean-de-Monts.

A marée basse, des platures rocheuses arasées se découvrent jusqu'à deux ou trois cents mètres des falaises ; cinq ou six gros chicots rocheux, témoins de la falaise en recul, dominent la plate-forme comme des *gours* sahariens. Le schiste faillé des falaises se prête à la formation de mini-calanques : longues, étroites et creuses morsures où la marée haute se glisse, s'excite et s'agace sournoisement comme la pointe de la langue dans une carie. Quand on regarde la falaise à marée basse à partir des platures découvertes, c'est bien en effet l'image de la carie qui s'impose à l'esprit partout : cavités traîtreuses, qui vident le roc de ses poches de pulpe par une fissure à peine visible au ras de la gencive de sable, esquilles, chicots corrodés, déchiquetures aiguës, lésions anfractueuses qui défient le curetage, plus compliquées que le trajet de la *cornada* au travers d'un muscle.

Le village de Sion, avec ses dunes pelées, ses baraques foraines, son odeur de goémon, rappelle le Vieux-Pornichet de mon enfance, à la jonction de la plage et de la pointe de Bonne-Source ; la forêt de pins de Monts, derrière les dunes, figurant pour le souvenir l'ancien Bois d'Amour, au temps où La Baule-les-Pins n'avait pas encore pris sa place. Mais un Pornichet appauvri : même modestes, les villas de Pornichet — closes sous leurs pins et derrière leurs tamaris — la population de la plage, nourrie de la bourgeoisie d'une grande ville, gardaient leur quant-à-soi, leur sentiment de caste, leur cercle de fréquentations fermé ; ici un département paysan, à l'heure de la société ouverte, déverse à la bonne franquette dans les avenues, hors de l'enceinte de ses *campings*, comme s'il jaillissait d'un train de plaisir, un peuple presque vierge encore des joies de la plage, bonnes gens sans esprit de clan et sans préjugés qui pique-niquent sans complexe sous les pins et sur le sable, ne boudent pas leur amusement tout neuf, et semblent sortir de la fête de l'*Huma* (laquelle ouvre d'ailleurs au mois d'août quelques succursales dans la forêt, près des colonies de vacances de la banlieue). La plupart des villas, flambant neuves, ont trois ou quatre ans à peine — l'avènement des congés payés, à Sion, est déjà de la préhistoire ; il n'y a pas d'*habitués* : la poussée du niveau de vie a jeté en vrac sur le rivage, comme si on la basculait d'une benne, une couche fraîche catapultée d'un coup dans la civilisation du loisir. Dans le Pornichet de 1914, et même encore des années vingt, pour accéder à la caste des anciens vacanciers, ayant pignon sur sable, une étape, comme dans les romans de feu Paul Bourget, était observée, et clairement marquée, dont toute trace et tout souvenir ici disparaît : blocs d'une population devenue migrante déplacée en masse par le soleil avec ses organes et ses rouages : écoles reconverties en camps de vacances, postiers surnuméraires, « pages locales » transposées des journaux du cru, où les vacanciers de l'Anjou peuvent lire les pieds dans l'eau les nouvelles de Doué-la-Fontaine ou de Montfaucon-sur-Moine.

A quatre heures de l'après-midi, quand il fait soleil, les colonies de vacances sortent de la forêt comme des colonnes de fourmis, traversent la crête des dunes sur des passerelles de bois et envahissent la plage par essaims groupés : à six heures, elles rassemblent leurs pelotons et l'évacuent : émergent alors et s'isolent sur le sable, blasonnés de parasols et de serviettes de bain, les îlots clairsemés des estivants libres, jusque-là noyés dans la marée juvénile, qui persistent encore une petite demi-heure : menu supplément aristocratique réservé aux foyers individuels. Le soir, après dîner, ceux qui vivent dans la pierre bâtie au bord même de l'eau font un tour de plage ou de falaise à la fraîcheur : c'est le dessus du panier de Sion-sur-l'Océan — les campeurs, derrière leurs palissades de brandes, sont déjà relégués trop loin. Ainsi va le monde, même sur cette plage on ne peut plus populaire, qui s'est recréé comme à Versailles son grand et son petit coucher.

Rien n'égale, au petit matin, la fraîcheur lavée des platures à marée basse, cloisonnées, déchiquetées de larges bras d'eau claire, où bouge et tournoie l'odeur d'un monde naissant : l'eau et la nuit en même temps se retirent, une respiration neuve et inconnue, pour quelques instants, nous habite, qui se souvient encore de la branchie — l'*eau-mère* de nouveau directement nous irrigue : plus native que tous les souvenirs d'enfance, plus pénétrante que tous les flacons de Baudelaire, la fraîcheur, la succulence ténébreuse et iodée que libère une coquille ouverte explose sur la narine comme une humide et profonde patrie.

La disposition des dunes qui commencent à trois cents mètres de la maison est pareille à celle des Landes : derrière les cils de la crête herbue, mordue par le vent et dentelée de crans ébouleux, qui domine le sable vif de la plage, s'allonge une bande mamelonnée et nue, large de deux à trois cents mètres, colonisée par les oyats et les chardons — au-delà la forêt de pins commence, mais l'épaisseur du bourrelet de dunes est moindre qu'en Gascogne. L'arrière-pays est sans caractère ; un marais asséché loti en parcelles agricoles que le paysan retourne avec négligence, en attendant l'offre du promoteur : zone hybride où s'imbriquent pâtures, baraquements de colonies de vacances, carrés de vigne envahis par l'herbe, guinguettes, terrains de *camping*, panneaux publicitaires, *bourrines* de plaisance égaillées loin de la mer derrière la clôture des pins. Passé cette frange lépreuse mâtinée par le tourisme, le Bocage commence sans transition ; la Vendée terrienne, comme la Corse, tourne le dos à la mer : sur ces rivages sans vie, en 1793, à Pornic, aux Sables, à Noirmoutier, l'armée du *Bas-Poitou* fut toujours malheureuse.

Du haut de mon balcon, l'île d'Yeu, posée au ras de l'horizon, apparaît et disparaît comme un mirage. Des jours durant, par le temps le plus clair, et le plus beau soleil, elle s'efface, mangée par une lisière de brume imperceptible, puis, après un coup de vent ou une averse, le jour déclinant soudain la fait surgir extraordinairement nette avec ses masses d'arbres, ses phares, et même à l'extrémité nord la ligne des maisons blanches de Port-Joinville, dont on voit le soir s'illuminer le front de mer. Aucun bateau de quelque importance n'est jamais en vue : en dehors de quelques voiliers de plaisance qui évoluent par beau temps, une vingtaine de barques de pêche sortent de Saint-Gilles au soir tombant et posent des filets au large de mon balcon. Le reste du temps, le regard qui se pose sur cette mer infréquentée est aussi désert que celui du pâtre de *Tristan.*

☆

Les colonies de vacances — il y en a une trentaine sur le territoire de la commune — me gâtent Sion, les jours de mauvais temps, où on ne voit passer sur les trottoirs que les files de petits imperméables jaunes encadrés par les moniteurs : déjà insistant par les jours de soleil, le souvenir des *promenades* sinistres du lycée de Nantes devient sous la pluie impossible à chasser. Une *draille*, large et poussiéreuse, dont la vue me déprime, jalonne à travers la forêt de pins le trajet bi-quotidien de la migration juvénile et moutonnière. Et je me renfrogne, scandalisé. Une plage — bien peu certes — mais tout de même un petit peu carcérale, mes souvenirs plus encore que mon esprit ne s'y résignent pas : ils n'acceptent pas de voir aujourd'hui emmêlés ce qui fut pour moi pendant toute ma jeunesse le pur symbole de la contrainte et ce qui fut le pur symbole de la liberté.

☆

Brume d'orage à Sion et calme plat. Quand l'après-midi décline, le disque du soleil rouge-feu, offusqué, privé de tout rayonnement, se suspend — on dirait à quelques encâblures à peine — contre la muraille d'un gris onctueux et gras. Aucune ligne d'horizon n'est en vue nulle part ; à l'aplomb du disque, un semis dansant, un grésillement de paillettes dorées, pareilles à la *pluie d'or* du feu d'artifice, brasille immobile sur l'eau huileuse qu'on devine à peine sous la pellicule de brouillard. Le sentiment de la distance et de la profondeur s'abolit : les courtines floconneuses s'entr'ouvrent pour une heure sur les fugaces et inquiétantes intimités de la mer.

☆

Un fort coup de vent d'ouest a bousculé le beau temps tous ces jours-ci, et la mer, saboulée et secouée sur ses fonds médiocres, presque jusqu'à l'horizon, où persiste une mince bande glauque, est devenue glaiseuse, couleur des flaques qui comblent les fouilles des marnières. Sous un rayon de soleil qui brille ce matin quelques minutes entre deux grains, un jaune argileux la souille tout entière. Rêche, encore furieuse, hérissée de vagues courtes qui la guillochent comme une peinture au couteau, chaque vague beurrée à sa crête d'un rebordé d'écume crémeuse qui semble la bavure d'un excédent de matière, elle paraît moins frôlée par l'aile des vents que plutôt sculptée rudement, en pleine pâte, par le pouce, la lame et le râcloir.

Proust parle longuement, et énigmatiquement, des paysages marins d'Elstir, et tout spécialement de ce *Port de Carquethuit*, dont il dit qu'Elstir y a peint la terre comme une marine et l'eau au contraire comme si la terre y projetait encore sa solidité massive. J'avais sous les yeux dans la réalité cette permutation d'attributs. Il n'y a pas de singularité, même extravagante, de couleur, de lumière ou de matière chez un peintre que la nature — parfois et quelque part — ne ratifie et ne contresigne. Il n'y a rien, pour moi, dont elle ne réponde, ni les villes et les rochers de Max Ernst, ni les fleurs de Redon, ni les forêts du douanier Rousseau. Tout ce qui m'est représenté, j'ai toujours eu la certitude obscure, quelque jour, de le *voir*.

☆

Journées de la fin de saison. Un semis chétif de baigneurs accroché au penchant du sable maigrit et se résorbe de jour en jour au grand soleil. Non pas dispersé le long de la plage, mais regroupé et resserré frileusement devant le dernier carré des tentes, chassé par le vide qui gagne la grève comme par la montée d'un déluge. Le bois de pins, désert, est déjà réoccupé timidement par les bêtes peureuses; en m'y promenant, ce matin, j'observe de menues fouilles tout nouvellement grattées dans le sable et mélangées de crottes fraîches, comme si on avait commencé dans la nuit de creuser des terriers — un écureuil devant moi grimpe à un pin, tenant aux dents, presque aussi grosse que lui, une boule de papier froissé abandonnée par un pique-niqueur. Un soleil plus oblique, un peu pâli, mais plein de bénignité, dore sans plus les chauffer les petites avenues presque vides; un sentiment restitué et presque cristallin de l'espace, dès qu'on sort, emplit les poumons : on dirait que chacun se déplace moins vite et avec moins de bruit, comme s'il marchait sur la pointe des pieds, dans les rues alenties de ce village de nouveau au bois dormant. La population a brusquement vieilli en même temps que la saison : plus de cris d'enfants, mais çà et là des femmes aux cheveux blancs, figées comme des statues et jusque là invisibles, que le reflux découvre et qui prennent le soleil, enveloppées de couvertures, sur les perrons et les balcons. Tout semble, maisons et gens, flotter désoccupé dans l'espace agrandi, avec cette allure engourdie et absente des groupes attardés qui regardent un coucher de soleil.

La brume tombe longtemps avant le crépuscule, dès le déclin de l'après-midi. Un soleil japonais, rouge et rétréci — *no bigger than the moon* — se suspend tout proche à la courtine ouatée, couleur de lilas, qui matelasse et cache l'horizon ; sous ce rideau coule une mer huileuse et alourdie qui en approchant du rivage se plisse comme un brocart en longues et lisses ondulations soyeuses. Le vent de terre les écrête à l'instant de déferler et leur arrache comme à une dune une crinière crissante. Huileux aussi sont les maillons de lumière grasse qui se nouent et se dénouent pesamment sur l'eau, comme si elle était nappée de pétrole. Il est rare que le paysage de mer présente des reflets, une lumière, une consistance aussi louche : on dirait que la matière aqueuse tourne comme un vin atteint de la casse.

Une fois de plus, l'année va ramener ces jours de solennité rayonnante et déserte que j'ai évoqués dans *Un Beau Ténébreux*, journées pour moi baptismales, qui délient du passé et qui rouvrent les portes, qui m'éveillaient et qui m'*appelaient* si fort. Pendant que j'écris, le soleil qui descend en face de moi jaunit et dore cette page, et ma plume y fait courir une ombre longue et aiguë de cadran solaire. Ces heures-là, heures entre toutes les heures de l'année, sont toujours venues à moi avec une promesse ou avec une sommation. Mais il se fait tard, et il n'y a plus rien devant moi cette fois-ci.

✫

Pêcheurs de palourdes à marée basse autour du *Gois*. Le ciel est lourd et fuligineux, la mer couleur de glaise, une brume sale cache l'horizon. Sur les vasières et les gravières, trouées de flaques couleur d'urine, qui émergent autour de la chaussée à fleur d'eau, tout un peuple de la boue, armé de pelles et de seaux hygiéniques, patauge à perte de vue dans la brumaille grise à travers ces champs d'épandage, soudain plus fourmillants que des rizières à l'époque du repiquage du riz. L'horizon est noyé, la limite de la terre et de l'eau à peine visible dans le miroitement souillé — le pullulement trempé des insignifiantes silhouettes grises sur les fondrières évoque tout à coup je ne sais quel exode maudit après un déluge, — une tribu pourchassée vers les lisières de mer, tentant d'arracher quelque reste de subsistance à la vase originelle — une de ces migrations de mangeurs de coquillages à qui on doit les énormes bancs de coques vides, épais comme des strates géologiques, que les préhistoriens scandinaves désignent, dit-on, du nom gracieux de *Kjökkenmöddiger*.

☆

Procession lente des grains qui coulissent l'un après l'autre sur l'horizon de mer, De l'arche gris-noir des nuages bas, comme d'un manteau d'Arlequin, les rayures de la pluie tombent verticales et épaisses, à la manière des plis d'un rideau de scène. Un liseré gris-violet borde l'horizon, en deçà la mer est d'un vert vitreux de bouteille. A un kilomètre de la côte, le vert tourne à un jaune de bourbe, qui doit correspondre à l'affleurement des platures. Ennui et tristesse : tout comme son bleu nous apparaît plus profond que le bleu du zénith que pourtant elle reflète, la mer amplifie et renforce la tonalité affective du temps qu'il fait et de l'heure qu'il est ; aucun matin de printemps de la terre, même musical et fleuri, n'est gai, vibrant et frais comme un beau et calme matin de mer.

Maintenant le grain m'enveloppe : la mer prolonge le gris de ciment du balcon jusqu'au rideau de vapeur grise qui l'absorbe ; une mouette toute proche passe seule en planant, sans mouvement aucun, au ras de mon bastingage : il n'y a plus que la matière intimiste d'un poème chinois.

Comme le ski a changé le sentiment élémentaire que nous avons de la neige, le naviplane (et, déjà, le ski nautique) va changer, change déjà pour la mer le registre des images motrices qu'elle éveille en nous. Les *plaines liquides* retrouvent après deux mille ans une crédibilité qui n'est pas seulement poétique, et regagnent du terrain sur le symbole de l'impermanence et du changement, sur la primauté accordée depuis presque toujours aux jeux mouvants du vent et des vagues : la mer redevient ce plancher dur qui, une seconde, est venu nous cogner aux épaules à notre premier plongeon.

☆

Mer matinale sous un ciel bleu pommelé de légers nuages blancs, striée horizontalement de bandes bleues et vertes, avec des mouchetures d'écume dont on croit éprouver le relief du doigt comme les empâtements d'un peintre. Un unique petit voilier aventureux cingle vers le large sous la forte brise ; tout est mouvement, animation, alacrité joyeuse et joueuse. Il est dix heures : à côté de la jeunesse de la lumière sur la mer, la lumière sur les arbres et les maisons de la côte semble déjà mûre et comme vieillie ; les royaumes du matin se rafraîchissent et se prolongent sur les vagues ; on est presque surpris de ne pas voir marsouins et dauphins s'ébattre et matérialiser une si exaltante jubilation. Le courrier de l'île d'Yeu, qui de loin prend des allures d'aviso, traverse obliquement l'étendue devant moi ; l'île même se dissimule, signe de beau temps. C'est un matin pour la croisière du *Redoutable* : tout cède au besoin de s'enfoncer dans l'étendue en fleur.

Les vagues déferlantes et espacées de la marée montante, que je vois de mon balcon presque dans l'axe de leur crête, alors qu'elles commencent à submerger les platures, font penser aux larges dalles d'un escalier démesuré, dont les degrés seraient rebordés d'un bourrelet d'écume ; une illusion d'optique fait qu'elles semblent s'étager vers le large : elles me remettent en mémoire une phrase dont j'ignore l'auteur, et que Queffèlec a choisie pour épigraphe de l'un de ses livres : « J'ai longtemps prié sur le perron des vagues hautes. » La justesse de cette notation de « perron » m'avait frappé.

Devant moi, une mouette isolée s'est posée sur l'eau, furieusement ballottée par les vagues, aussi inerte qu'un canard de caoutchouc — mais une vague qui déferle prématurément l'éclabousse : d'un soulèvement de l'aile nonchalant et agacé, comme on chasse une mouche, elle va se reposer dans le creux de vague suivant : il y a manière et manière de se laisser mouiller.

☆

La plage entièrement déserte de l'heure du dîner, au moment où le crépuscule s'assombrit. Très grande, élancée, très bien faite, les cheveux dénoués, les bras nus, la taille serrée dans une de ces longues jupes de gitane aux bandes biaises qui sont à la mode cette année et qui traînent fastueusement sur le sable, une femme toute seule, faisant jouer avec ostentation ses hanches l'une après l'autre et renversant parfois le visage d'un mouvement voluptueux du cou, s'avance vers la mer à pas très lents, avec la démarche théâtralissisme d'une cantatrice qui marche vers la rampe pour l'*aria* du troisième acte. Il y avait dans ce *jeu du seul* mimé devant l'étendue vide une impudeur tellement déployée qu'elle en devenait envoûtante ; aucun miroir au monde, on le sentait, aucun amant n'eût pu suffire à une telle gloutonnerie narcissique : elle marchait pour la mer.

☆

Amérique

Il y a au débarqué une sensation de flottement et de légèreté plutôt agréable : les heures de voyage ont passé comme des minutes, l'œil collé à la vitre. Au départ, l'heure du déjeûner approchait ; à Chicago, malgré une heure d'escale à Montréal, il n'est pas beaucoup plus de trois heures et demie. Dans l'intervalle, les glaces polaires, le Groenland, et ce détroit de *Davis* au nom magique que je n'imaginais jamais entrevoir qu'au travers des aurores boréales du *Capitaine Hatteras*.

Les couleurs de la terre sont usées : verts ternes, bruns et beiges un peu plus clairs (sur le Labrador) bruns roux pour les rocs du Groënland — tendres couleurs grèges des écorchures de dunes vues d'aplomb, sur la côte de Picardie. Le ciel de nuages opaques, après l'Écosse, était une aveuglante plaine de neige ensoleillée, à perte de vue, crevée çà et là d'épanouissements de choux-fleurs, de volcans de crème Chantilly qui montaient bouillonner d'en bas. Quand je collais mon œil à la vitre pour regarder vers le haut, le ciel était d'un bleu très noir, on voyait la lune distinctement.

L'horizon reste buvardé et très indécis : quand les nuages se sont dissipés, on est immobile au centre d'une sphère bleue à l'équateur calfaté d'une ouate légère — vers le haut un zénith bleu sombre, vers le bas un nadir plus clair, grenu et granité, d'un grain très fin. On est établi au centre de cette sphère ; la sécurité de la gravitation des satellites se laisse déjà pressentir ; seul le bout de l'aile qui se balance très légèrement sur l'horizon, soudain extraordinairement concret avec ses rivets, ses volets, ses menues gerçures, et l'ouverture en trèfle de son réacteur, communique quand on le regarde osciller au centre de la sphère vaporeuse et douillette un sentiment de malaise : terrien — trop terrien ! Tout est glorieux à cette hauteur, illuminé, calme : il est *midi le juste*, comme dans le poème de Valéry, pendant presque tout le voyage : c'est déjà l'empyrée, ce sont les royaumes du soleil. Les nuages semblent collés contre le sol ou la mer, largement ourlés sur un bord par leur ombre portée. Seuls les cirrus parfois, à quelques centaines de mètres au-dessous de nous, au milieu de cette immobilité passent comme un blizzard, échevelés par un vent furieux.

Après le déjeûner, on a tendu au travers de la carlingue un écran de cinéma. Pendant que nous survolons le Groënland, je suis presque seul à regarder encore par le hublot (mais j'ai dû baisser à demi son volet) tous les yeux dans l'avion sont braqués sur une comédie américaine imbécile.

C'est petit, en somme, cet avion ; un cylindre étroit

dont le plafond bas oppresse, quand on s'y installe, d'autant plus qu'à Orly le plafond des nuages aussi était bas, et le ciel orageux. Puis, quand on est monté naviguer dans le soleil, cela s'allège et s'aère : une lumière minérale et dure entre par les hublots et pénètre partout ; la dînette atterrit sur les tablettes de maison de poupée, on déjeûne au bord du bleu, dans l'éclairage cru de la plage : on est soudain dans un train de plaisir.

L'estuaire du Saint Laurent, large comme un bras de mer, calme et figé comme une peinture. Au large de la rive sud court sur dix à quinze kilomètres de profondeur une banquette défrichée, découpée en grands carreaux par le quadrillage régulier des routes. Derrière, à perte de vue, la forêt.

Les *Barren Grounds* du Labrador ; à peine une terre : un incroyable déchiquetage de lacs, arborisés, étoilés, foliolés. On sent la direction du charroi lourd des glaces ; on dirait parfois d'un chemin creux noyé, où seuls émergeraient les bourrelets des ornières. Le pourtour des croupes égouttées a la couleur du chaume sec ; au sommet des buttes apparaît la tache vert sombre des îlots de forêts encore naines, qui s'élargissent peu à peu vers le sud et gagnent les berges, pendant que maigrissent les chenilles de neige. Tout à coup, après trois cents kilomètres, au milieu de ces solitudes au feutrage fauve, déchirées d'eaux sauvages, criblées de soleil et ocellées de blanc, on aperçoit la ligne nette et tirée au cordeau de la première piste : elle aboutit à une espèce de minière en fer à cheval. Il faut voler longtemps encore pour apercevoir deux ou trois autres chemins, puis une digue minuscule au coin d'un lac où semble amarrée une barque. Ces premières traces de l'homme rayent soudain ineffaçablement la solitude, comme le diamant une vitre.

Le Groënland m'a semblé déjà connu : j'imaginais ces pyramides aux flancs concaves, mordus par les névés, les pointes noirâtres des *nunataks* mouillées de neige fondue. Ce qui m'a surpris : l'eau jaunâtre et bourbeuse des fjords, suintant du glacier comme d'une bouche d'égout, où barbotent des morceaux de glace cassée pareils à des débris de vaisselle. Puis, au large des côtes, la tigrure aveuglante de la mer, avec ses milliers de glaçons pareille à une mosaïque éclatée, et pourtant traversée, ordonnée de grandes lignes de force, comme les aigrettes de limaille qui se forment aux bouts d'une barre aimantée.

A Chicago, l'après-midi commence à peine. Pendant que le taxi file sur l'autoroute qui s'enfonce jusqu'au cœur de la ville, l'œil se fixe très vite sur un haut pylône égyptien sommé étrangement d'une double corne — *distinct with its duplicate horn* — : d'une sombre et étrange couleur d'anthracite c'est le gratte-ciel tout neuf, grillagé, entretoisé, du *Hancock Center*. Dans *Adams Street*, où je descends du taxi au milieu des gratte-ciel, soudain ressurgit du fond de ma mémoire une sensation très ancienne et oubliée : cette pénombre encavée du *canyon* des rues sous le ciel éclatant, c'est l'impression même qu'à sept ou huit ans me donnait *Nantes*, et ses immeubles de cinq étages assombrissant les avenues, quand nous y faisions escale pour quelques heures en revenant de la mer. Je ne connaissais que les maisons de Saint-Florent. Ce qui fait, hélas ! la rareté de la fameuse expérience de la *madeleine* de Proust, c'est que souvent le seuil d'excitation s'élève avec l'âge : pour ressusciter la rue Crébillon de mon enfance, il ne faut à soixante ans pas moins que le *Prudential Building*.

☆

August Derleth, qui vient de mourir, ami, confident et collaborateur de Lovecraft, habitait à Prairie-du-Sac, tout près de Sauk City, une spacieuse maison de bois, enfouie sous les branches et la vigne sauvage, où les feuilles ne laissaient entrer qu'un demi-jour. Une collection de bandes dessinées, qui passait pour une des plus riches d'Amérique, emplissait une pièce de bardeaux vernissés où nageait la lumière verte et sous marine ; de l'autre côté de la pelouse, picorée par le *red robin* poitrinant, il avait sa propre imprimerie : il publiait lui-même ses ouvrages : souvenirs, correspondance, entretiens avec Lovecraft, et une multitude de romans étroitement régionalistes, et même cantonalistes : rien de plus surprenant, dans l'espace encore flottant et mal ancré de la campagne américaine, que le rappel inattendu et un peu partout brusquement ressurgissant de la *petite patrie*.

Nous allâmes dîner à Sauk City dans un restaurant qui surplombait le Wisconsin, si semblable à la Loire tourangelle avec ses coteaux verts et ses grèves de sable qui divisent le courant. Si semblable à première vue, et si différent à la seconde, avec partout ces déblais et ces bavures, ces rognures effrangées de taillis, ces bouts de friches mal essartés, ce je ne sais quoi de flou et de sommairement, précairement aménagé, qui est ici la marque du paysage rural. Nous revînmes sous le soleil à Madison par un long détour et passâmes le Wisconsin dans un bac, assez près du pont de chemin de fer, qui ressemblait à ces ponts pauvrement rafistolés de poutrelles qui pendant quinze ans ont rappelé à la France les bombardements de la Libération. Rien ne me surprenait davantage dans ces campagnes du haut Missisipi que l'aspect folklorique des ouvrages d'art : viaducs de Jules Verne, reconstitutions pour *Westerns*, ponts jetés au petit bonheur à travers des marigots pleins de nénuphars pour les chariots des émigrants — bricolages branlants et hasardeux, à la solidité improbable. Quand on revient de ces savanes toutes balafrées à la diable de travaux publics expédiés selon les seules exigences de la hâte et de l'économie, la construction française à l'ordonnance, froide et régulière, la matière durable des ponts, des gares, des tranchées, des tunnels, des viaducs, prend en comparaison quelque chose de romain.

☆

A mesure que je vieillis, il me semble que ma sensibilité à la lumière augmente. A certaines heures — cet après-midi par exemple sur la route de C. alors que le soleil commençait à baisser — elle me monte à la tête comme un alcool. Par là un païen dans le ton de l'Anthologie grecque, je ne m'en défends pas : j'admets mal d'avoir à fermer les yeux un jour sur tout cela.

Pensé de nouveau à la lumière nordique d'Umea, qui m'a tellement frappé : profuse, superfétatoire, luxueuse à force d'inutilité; grand luminaire brûlant pour rien au firmament d'un théâtre dépeuplé. Plus fastueuse encore, gaspillée jusqu'à l'ivresse, et comme giclant au travers des doigts déments d'un dieu prodigue, la lumière cristalline qui crépitait sur les *Barren Grounds* du Labrador, pareille à une rivière de diamants sur les haillons d'une pauvresse.

☆

L'agonie du chemin de fer aux États-Unis. A Madison, quand je voulus me renseigner sur l'horaire des trains de Chicago à New-York, les deux premiers passants à qui je m'adressai furent incapables de me dire où se trouvait la gare. J'aboutis finalement, dans le quartier le plus lépreux de la ville, à une station désaffectée de sous-préfecture où un employé unique, derrière un guichet, palabrait languissamment avec un Noir. Les rails sombraient dans l'herbe haute, les voies de garage semblaient mener à la casse quelques wagons de marchandises aux peintures écaillées ; de temps en temps une locomotive électrique conduisant sa rame traversait la rue adjacente démunie de barrières dans un grand bruit de cloche à bœufs. Les dernières diligences du siècle passé dételant au relais avant faillite avec leurs sonnailles moribondes dans les cours d'hôtelleries durent avoir au moment de leur mise au rancart cet aspect fourbu, éraillé, poussiéreux. Dans le wagon-lit du *Broadway Limited* — cependant le meilleur train de Chicago à New-York — où j'avais pris une *roomette*, une auréole de crasse ancienne marquait le capiton bleu-gris depuis longtemps veuf de têtière. Le *Pennsylvania Central* venait de déposer son bilan ; les pullmans délabrés attendaient moins la visite des voyageurs que l'inventaire de l'huissier ; les conducteurs nègres à cheveux blancs — décents et élimés, pareils à des employés de pompes funèbres — qui n'annonçaient même plus l'heure du dîner, semblaient mener à leur dernière demeure les joyeux et fringants convois de luxe des vieilles comédies américaines, pleins de voyages de noces et de galants déshabillages, de bonnets de nuit à dentelles, de poursuites au long des couloirs, de pieds nus et coquins pointant au bas des rideaux.

☆

Campagnes américaines du Middle West : l'ennui compact qui s'en dégage. Sur les routes de Madison à Chicago, à Milwaukee, à Prairie-du-Chien, à des centaines et des centaines d'exemplaires d'elle-même, partout la même ferme, avec sa grange de bois à pignon ogival, peinturlurée de lie-de-vin, flanquée du clocher tronqué de son silo à maïs que coiffe une calotte d'aluminium. Au long de la route, rien d'autre que les herbages alternant avec les champs de maïs, longs parfois d'un kilomètre. N'étaient les fermes, l'ampleur des pièces cultivées que l'on n'ose plus appeler ici des parcelles, et la monochromie beige et roussâtre des champs de maïs, l'impression première resterait proche de celle que peuvent donner telles régions luxuriantes du Bassin Parisien : le pays de Caux par exemple, coupé de ses boqueteaux de hêtres et de ses fossés, plutôt que le Soissonnais ou la Beauce. Puis on s'avise d'une différence malaisée d'abord à cerner : une espèce de *flou* vient embuer ici les lignes et les rainures de la mosaïque si nette des campagnes françaises ; des bavures empâtent partout l'épure qui s'esquissait ; une ébauche de haie s'étoffe soudain et s'épaissit dans le grumeau d'un boqueteau puis maigrit clairsemée et s'arrête au beau milieu d'un herbage — un chemin creux perd ses haies, s'aplatit et s'élargit en une vague piste gazonnée — la lisière des petits bois s'embrume de friches indécises qui mordent sur la terre cultivée. Souvent apparaissent des taches de végétation revêches et souffreteuses : non pas une lande, mais plutôt une terre épuisée qu'on abandonnerait à une jachère indéfinie. C'est une prise de possession encore sommaire ; les procès de mitoyenneté, les servitudes de passage, les querelles de bornage ne sont pas venues donner ici au cadastre ce *rendu* de la plume très fine qui évoque le burin : on en est resté au gros œuvre, on n'a pas eu le temps, ni le besoin, de fignoler.

Ce qui m'a paru le plus morne, ce sont les campagnes de l'Indiana, traversées au crépuscule entre Gary et Fort-Wayne. Le Wisconsin au nord et à l'ouest de Madison est plus mouvementé ; la route parfois plonge dans des *dales* encaissés entre les corniches de calcaire jaune (celui-là même dont Frank Lloyd Wright, né à Madison, fait dans ses constructions un usage si décoratif) Le sommet des mamelons souvent assez raides est occupé uniformément par de petits bois : la culture, on dirait, s'essouffle vite ici au long des pentes trop déclives ; à un certain niveau, toujours le même, la forêt apparaît au flanc des collines, comme la neige au flanc de l'alpe, et couvre les déclivités supérieures. A l'inverse de la civilisation mexicaine et andine, c'est partout une civilisation des plaines basses, qui ne mord pas sur les hauteurs, qui pourtant évite aussi les thalwegs et les abords marécageux des fleuves : le long du Mississippi, ou des rivières courtes et abondantes qui dévalent des Appalaches, on est surpris de l'aspect sauvage, non maîtrisé, non aménagé, des fonds de vallées : marais jamais colmatés, faux bras innombrables où s'accroche une espèce de mangrove, petites îles herbues, hirsutes, comme des radeaux de foin échoués dans le fil du courant. Les agglomérations, liées de naissance au chemin de fer ou à la piste plate des *waggons* pesants, se logent uniformément dans les creux, près des confluents et sur les plaines : pas une seule ville perchée ici, on y chercherait en vain Vézelay ou Sancerre, Grenade ou Avila. La vie s'étale seulement entre les niveaux extrêmes qui circonscrivent la zone des commodités ; l'exigence qu'a eue l'homme européen de marquer aussitôt de son signe : burg, chapelle, calvaire, tour de guet, les grands accidents du paysage, ne se fait pas jour ; une telle prise de possession n'est qu'accidentelle et toujours fonctionnelle : de loin en loin seulement, au sommet d'une chaîne de collines, on voit monter les pylônes d'un repère géodésique ou d'un relais de télévision.

☆

Même pour les voyages de routine des paquebots longs-courriers (il n'y en a plus guère !) qui traversent encore l'Atlantique, un peu d'émotion, un rien de solennité flottent toujours sur le moment de l'appareillage. Du pont-promenade du *France*, on dominait de très haut le *pier* 68, et sa petite foule bariolée, bougeante, qui pourtant n'osait plus, à l'âge de l'avion, agiter de mouchoirs. A gauche, on voyait la falaise boisée de Hoboken qui s'élevait lentement au nord, couronnée de maisons, vers les Palissades. A droite, sur l'échine de Manhattan, bombée comme un dos de baleine, la congrégation des gratte-ciel de Central Park. Les hauts-parleurs du bord diffusaient de vieilles chansons du cabestan pendant que le navire, ses amarres larguées, culait lentement vers le milieu de l'Hudson et se plaçait dans le fil du courant ; puis, dès qu'il commença avec une puissante lenteur à faire route, ils attaquèrent (ô gaullisme !) la *Marche Consulaire*. Et je me sentis bizarrement remué, bien que je n'eusse à quitter personne. *Heimkehr !* La lumière était glorieuse, le lieu monumental et splendide, vaste l'allée du fleuve, et majestueux aussi le beau navire — on revenait — on quittait la Terre du Couchant, sur laquelle le soleil jaune commençait à descendre, on saluait du mugissement de la sirène la Cité Verticale, le long et dur coussin de Manhattan planté d'aiguilles, on retournait vers l'Europe aux anciens parapets.

On quitte le port de New York en traversant deux rades et deux goulets qui vont chaque fois s'élargissant ; l'immense pont Verazzano, tout neuf, enjambe le goulet le plus étroit. Presque jusqu'au moment où on passe dessous, la pointe de Manhattan reste en vue, divise les eaux plates et fixe l'œil ; au moment où elle commençait à s'éloigner, un grain orageux creva sur Upper Bay ; les gratte-ciel déjà lointains transparaissaient comme des fantômes à travers la nuée jaunâtre qui descendait jusqu'aux vagues, mais cet éclairage fuligineux et dramatique à la manière de Turner ne dura pas. Le dernier goulet est moins imposant : on voit de loin au ras de la mer des grèves plates, quelques villas, des bouquets de bois espacés, comme je voyais de Port-Paal à travers l'Escaut, pendant la guerre, la rive boisée de Zuid Beveland — si près de la ville géante, ces dernières avancées de la terre semblent déjà inoccupées et distraites, sans vie, comme un *lido* du Jutland ou de la Baltique : l'Amérique pressée tourne le dos, avant même de le perdre de vue, au voyageur qui s'en va.

☆

Villages d'Amérique : lotissements gazonnés, ombreux et verdoyants, où le bornage remplace la clôture — maisonnettes de bois éparses sous les branches et posées sur le sol précairement. Rien n'est enraciné : c'est une maquette de « village fleuri », comme on en voit dans les vitrines des agences ; si on soufflait dessus, tout s'envolerait, il ne resterait que les arbres, plus vieux que les murs qu'ils ont fournis. Petites églises blanches et neuves, sans âme, non plus le cœur du village ainsi que chez nous, mais plutôt une dépendance fonctionnelle analogue à la poste ou au silo de maïs — casées à l'écart, n'importe où, comme une église de plantation au coin d'un champ de canne à sucre. Les cimetières sont des bosquets riants et ombragés, logeant les stèles de pierre au large sur les gazons tondus d'un vert profond : rien de lugubre en ces lieux ; ce sont les prairies d'asphodèles beaucoup plus que les caveaux gothiques de l'Europe hantés des goûles et des revenants. Dans ces bocages d'Eden pleins de pépiements, où plus rien ne parle du ver rongeur, de la Danse Macabre et du Jugement, brusquement revient en mémoire la mythologie indienne née de cette terre, où les âmes des guerriers morts voletaient réincarnées dans l'oiseau-mouche.

Aucun de ces amers de pierre dressée où s'accrochent les légendes : châteaux, moulins, cloîtres, donjons, calvaires, ruines. Nulle cicatrice d'homme sur la terre : le *mound* précolombien rentre dans le sol et s'égalise en un mouvement de terrain flou, la maison abandonnée disparaît en fumée comme un tas d'herbes sèches, l'*Indian trail* de terre battue a moins longue vie que la chaussée romaine. Le signe de la croix lui-même apparaît ici transplanté et exotique : « manière de blanc » à laquelle le paysage et le sol restent indociles, comme l'est aux espèces du pain et du vin cette terre du lait et du maïs. Nul besoin d'aller jusqu'au Mexique : on sent vivement dès les campagnes du Middle West que le christianisme reste ici une religion de planteurs greffée de force, coupée de son terreau nourricier, transportant avec elle pour mémoire la fiction vide de ses pauvres, de ses mendiants et de ses lépreux.

Au village de *Mazomanie*, nous entrâmes dans une boutique d'antiquaire. On y vendait d'anciens outils à main, des baignoires de zinc, des socs de charrue, des couvertures tricotées à la ferme, des photographies de famille du début de ce siècle, baignant dans le sépia au milieu de leur cadre de filigrane. Ces photographies pâlies, usées, pêchées à la foire aux puces, de mariés de campagne du siècle dernier, de familles dont nul ne savait le nom, je les ai vues accrochées aux murs du salon d'un de mes collègues de Madison, homme de goût et de culture, à qui rien n'échappait des nuances de Racine : il était difficile de s'avouer plus pathétiquement orphelin.

☆

L'inhumanité de New York, pendant les quelques jours que j'y ai passés, me rendait presque hagard. J'étais logé au onzième étage d'un hôtel de la 7e Avenue, entre Madison Square et Times Square. La nuit, quand j'avais cessé de regarder le match de baseball de la télévision, je voyais par ma fenêtre la pointe de l'Empire State Building, toute irradiée d'un blanc d'argent par dessus les toits ; dans les alvéoles éclairées de la falaise d'en face (l'Amérique semble largement ignorer le rideau) j'apercevais des hommes dans leur lit qui tournaient les pages d'un journal avant de s'endormir, répétant d'étage en étage la même image à la verticale, à peine décalée, comme le *rush* d'un film qu'on regarde par transparence contre la fenêtre ; des barrissements sauvages de sirènes déchiraient sans arrêt la jungle éveillée de la ville. Le jour, une fois lâché dans la rue, il ne restait qu'à marcher jusqu'à l'épuisement ; nul lieu où jeter l'ancre : les bars en fer à cheval avec leur couronne humaine bombillante et brusquement immobilisée sur les tabourets vissés me soulevaient le cœur, comme les *abort* du camp d'Hoyerswerda les jours de diarrhée. La foule à midi giclait des portes des gratte-ciel dans la rue ainsi que par les fentes d'un pressoir. Pas d'arbres, nulle verdure ici : c'est une ville de Baudelaire, purgée du végétal irrégulier, où le soleil cogne nu et fait bondir à coups de masse la colonne de mercure dans le thermomètre géant de *Times Square.* Le second et le troisième jour, j'errai pauvrement, déjà découragé, entre Madison et la 5e Avenue, attiré seulement à l'heure du lunch vers *Central Park* : il y avait là près du Zoo une terrasse de *snack bar* où on déjeûnait tout contre l'odeur de fauve et d'urine, mais du moins sous des arbres. Le premier jour, plus courageux, je descendis Broadway à pied depuis Madison jusqu'à Battery Park, étonné par ce boyau changeant, tantôt cossu, tantôt lépreux, tantôt peuplé, tantôt vide, tantôt baignant dans l'ombre de cave, tantôt brutalement arrosé de soleil. Le milieu de la chaussée fumait de place en place, émettait paresseusement des volutes de vapeur blanche, comme une locomotive à l'arrêt ; du haut des murailles surplombantes, les gouttes d'eau pleuvaient partout des climatiseurs sur le trottoir. Mais le bout de Broadway me récompensa : à deux kilomètres devant soi, on voit soudain la perspective de la rue fendre verticalement la futaie des gratte-ciel d'un étroit créneau vide que la lumière inonde, et on devine qu'elle donne enfin sur la mer : il me sembla que ce qui pourrait m'attacher à cette ville était là, dans ces tranchées pleines d'air remué et de vent brutal qui donnent partout sur le large, entre la Batterie et le mur des Hollandais.

Le premier soir, à l'hôtel, et dans les boutiques, les rues de Chicago, — comme l'Anglais découvrant à Calais la rousseur des Françaises — il me parut qu'il y avait une odeur de l'Amérique : une odeur sucrée, musquée, de confiture extrême-orientale très sophistiquée. Je l'ai retrouvée plus d'une fois fugacement, de distance en distance, sans jamais pouvoir en localiser l'origine.

Chicago m'a paru plus étrange que New York, dont les photographies, quand elles sont de très grand format, livrent la beauté essentielle, laquelle est panoramique et tient à l'ampleur : non seulement aux dimensions des gratte-ciel, mais plus encore à l'étendue des espaces d'eau libre, au tirage rude des courants d'air du haut en bas des canyons rectilignes qui au travers de Manhattan joignent bras de mer à bras de mer ; de part en part les éléments y circulent en rafales et en coups de lumière comme des escadrons dans une ville sabrée. A Chicago les gratte-ciel sont plus variés, plus délirants, plus baroques, et à Marina City où la rivière sinue, enjambée de petits ponts, on imagine un instant combien ces agglomérations de colosses, pour peu que les rues consentissent d'y tourner avec caprice, pourraient devenir d'étranges labyrinthes à trois dimensions. Quelquefois je me mettais à rêver de *passages* — comme dans le mythe des 300 appartements de Jules Romains — sinuant à travers la masse alvéolaire, et — commencés au niveau de la rue — débouchant brusquement sur une logette, au flanc d'une falaise de cinquante étages.

☆

Aux *Lake Shore Apartments*, à Madison, mes yeux plongeaient de mes fenêtres sur la pelouse de l'ancienne maison des gouverneurs du Wisconsin. Derrière, le lac Mendota, et tout au fond l'aérodrome, d'où les avions dans le lointain décollaient comme des fusées. La pelouse avait vraiment l'air d'une fable, comme dans les vers d'Anna de Noailles ; de bonne heure, un lapin matinal commençait de la tondre par un bout, posé et méthodique, fermé à tout ce qui pouvait se passer alentour, tout à fait *unconcerned*, puis les écureuils du lieu (il y en avait quatre) dévalaient du chêne noir et commençaient leurs gambades sur l'herbe, leurs poursuites, et quelquefois leurs parties de saute-mouton ; ensuite ils remontaient faire un peu de corde raide sur un filin tendu entre deux arbres. Le soir, une bande de *starlings* lustrés s'abattaient sur la pelouse, hargneux, mauvais coucheurs, mettant en fuite les *robins* migrateurs à gorge fauve qui s'aventuraient eux aussi à pâturer. Une fois, je vis voler du *hickory* au chêne noir un oiseau d'un rouge feu aux ailes noires, un peu plus gros qu'un moineau, aussi éclatant qu'un oiseau-mouche : j'avais surpris le *scarlet tanager*, assez rare pourtant à cette latitude. La flore aussi me captivait, et les beaux arbres : l'érable, le chêne noir avec ses feuilles pendant à la verticale, le sumac buissonneux, le *shag bark* hickory : l'Amérique du Meschacebé transparaissait là encore, tenue en lisière, mais non domestiquée, toute prête à reconquérir et à reverdir. Quand je rentrais de l'Université, je cherchais de loin à surprendre les queues arquées des écureuils émergeant toutes seules de l'herbe, avec leur panache d'un gris argenté — sur les pelouses du campus, les *chipmonks* aux flancs rayés s'asseyaient, pour grignoter, sur leur petit derrière. Plus douces, plus drôles, plus familières qu'en Europe, toutes ces bêtes menues et naïves me fascinaient : un peu moins éloignées que chez nous, on eût dit, d'essayer de parler aux hommes.

☆

Madison. Gilman Street : ses ormes splendides, frappés par la « maladie hollandaise », que je voyais abattre l'un après l'autre : chacun ouvrait une blessure dans la haute parure verdoyante de la ville. Langdon Street, la *rue grecque*, que je prenais le matin pour me rendre au campus, ses *fraternités*, ses *sororités* cossues, qui s'appelaient Δ-ϰ-φ, π-ρ-θ. Frances Street : les barques amarrées sur le lac au bout de la rue. State Street sans arbres, redoutable sous le soleil, à l'heure de midi, son patriarche nègre laveur de carreaux, qui semblait sortir de la Case de l'Oncle Tom, la boutique odorante et sophistiquée de *Lou Tobacco* où j'achetais des gauloises : à chaque coin de rue il me semblait retrouver les figures locales de *Wrightsville*, capitale des romans policiers d'Ellery Queen. La dure montée sous les arbres et dans les gazons vers *Bascom Hall*, purgatoire des étudiants sous le soleil de l'été. L'*Union* dallée, lambrissée de marbre, son lustre énorme. *Mifflin Street* et son ghetto étudiant, ses maisons de bois moisissant sous les arbres, avec parfois un drapeau rouge, un drapeau noir piqué à un balcon, et l'affichette placardée sur les troncs des ormes : *Liberate Miffland !* La gare de Madison, ses rails sombrés dans l'herbe, son hall vide, sa déréliction. La terrasse de l'Union au bord du lac ; un petit Eden bleu et vert sous le vol alangui des *frisbees*. L'appartement de Lake Shore : les baies ouvertes sur le lac, sans rideaux et sans persiennes. Le soleil levé derrière le lac me réveillait de bonne heure, avec le vol des *starlings* qui passaient par centaines au ras du toit : dans le hickory tout proche, un oiseau inconnu lançait de bonne heure d'un gosier de fer une douzaine de coups de trompette vibrants, térébrants. Les huit premiers jours j'y dormis nu sur mon lit, asphyxié comme un poisson sur la grève par la touffeur sauvage du Middle West. Le petit sentier dallé des trottoirs entre ses banquettes de pelouses ; les étudiantes y marchaient pieds nus sans aucun bruit sous les arbres, leurs livres sous le bras. L'*arboretum*, une vraie forêt où je me perdis, avec l'étudiante qui me guidait ; elle faillit marcher sur un serpent d'un noir de jais, rayé de blanc, qui traversait le sentier. *Maple Bluff*, sa colline derrière le lac, le mince filet de fumée bleue qui montait nuit et jour de l'aérodrome, les villas de l'*establishment* au large sous les arbres — les régates du dimanche sur le lac Mendota. Le temple dorique de la franc-maçonnerie, dans Wisconsin Avenue. Les brochures unitariennes que je trouvais dans ma boîte à lettres : *Have you considered Him ?* La propagande électorale sur les voitures : « Bobby for attorney. » Le collier de lumières autour du lac, la nuit. Les corbeilles de beignets de *Paco*, le restaurant mexicain. Les écureuils du Capitole traversant la rue, mais le dimanche seulement, quand il y avait moins de voitures. Le restaurant bâti par Frank Lloyd Wright à *Springs Green* : on voyait le soleil se coucher sur la rivière Wisconsin, comme derrière les collines de Fontevrault. Le bruit de cigales des nuits chaudes d'Amérique, et la crécelle furibonde qui s'y déchaîne par intervalles, freine et s'arrête pile. Les bosquets de *sumac* au long des sentiers dallés du campus, pavés d'inscriptions peintes au pistolet : *Happy birth day to you, Jane — Make love, not babies — College students can be so cruel*... La fraîcheur qui me serrait les tempes quand j'entrais dans mon bureau climatisé. L'étudiante aux yeux si tendres, si perdus, qui voulait « écrire des romans en français ». *Prairie-du-Chien* : les *bluffs* de calcaire jaune au-dessus du Mississippi, les îles et les faux-bras du fleuve, les prairies aquatiques d'un vert éclatant, vernissé — les ponts pareils à ceux du canal Saint-Martin, agrandis. En regardant vers le sud, on voyait la forêt dévaler des bluffs et s'étaler sur les bas-fonds jusqu'au bord du fleuve, sans aucune solution de continuité, sauvage et compacte : rien ici n'avait dû changer beaucoup depuis le passage de Cavelier de la Salle.

☆

Le *skyline* de New York, depuis que j'y suis passé il y a deux mois, a déjà changé; celui de Chicago va le faire. On vient de terminer, à Manhattan, un gratte-ciel qui dépasse de quelques mètres l'*Empire State*, et, en 1974, annonce un journal, Chicago doit lui reprendre le record du monde de la hauteur. Mais il ne s'agit que d'une différence quantitative assez minime : l'Amérique ici donne l'image d'une relative stabilité; la mutation de la ville européenne est depuis quinze ans plus brutale. De loin maintenant, bien au-dessus de tous les clochers, l'annoncent ces tours carrées qui se développent parfois en frise et me font songer aux fortifications romaines du siège d'Alésia telles que les représentaient les manuels d'histoire de mon enfance : hautes piles de circonvallation régulièrement espacées qui semblent faites pour qu'on tende entre elles des chaînes, et qui capturent et enserrent, et masquent peu à peu, la vieille cité chrétienne tapie contre la glèbe, amarrée à son pieu mystique. Angers, Poitiers ou Amiens sont déjà par là d'une modernité plus radicale que New York, plus inquiétante. L'architecture de Manhattan garde — laïcisé seulement — l'élan de la flèche et du clocher. Le caractère oppressant de la ligne horizontale reparaît et s'impose au contraire dans nos bastides et nos sauveterres du 20e siècle qui semblent des villes d'Assur et de la Bible : pylônes écrêtés, tours décapitées, nivelées par l'écrasement d'un couvercle invisible. Il y a quelques années, comme je regardais des hauteurs de Roscanvel à travers la rade la ville de Brest entièrement reconstruite, l'empilement sur le roc de ses *mastabas* aplatis, l'étagement de ses longues terrasses horizontales, tout à coup — abattue la haute futaie des grues, déblayé le taillis des bétonneuses et des *bulldozers* — une pensée confuse embusquée dans le béton, un nouveau rêve de la pierre me sembla se faire jour et se manifester jusqu'à l'évidence : ce que j'avais devant moi, ce n'était plus la Ville des livres d'heures et même encore des vieilles cartes postales, c'était Babylone, Thèbes ou Persépolis, c'était peut-être aussi Tenochtitlan, et c'était une ville de *Max Ernst*, tragique et sacrificielle, tranchée comme une pyramide aztèque par un énorme coup de faux horizontal.

☆

Le vide de l'Atlantique, pendant le trajet du retour en bateau. Sur cette route très fréquentée, je m'étais imaginé que nous aurions sans cesse des navires en vue ; on ne voyait rien. Le matin du second jour, un avion à hélice vint nous survoler en rase-mottes — en approchant de la Cornouaille et de Land's End, nous dépassâmes au crépuscule un trois-mâts sous voiles ; dès le matin, à six ou sept cents kilomètres des côtes, des barques de pêche s'étaient montrées par deux, par trois, ou même isolées : ballottées, perdues, incroyablement brutalisées par la mer. Mais, au milieu du trajet, si on s'accoudait un moment au bastingage, il n'y avait rien en vue, que parfois des bandes de cinq ou six oiseaux, de la grosseur d'un passereau, qui glissaient comme des flèches à quelques centimètres au-dessus de l'eau, suivant le creux des vallées liquides et disparaissant derrière chaque lame. Incroyable était leur vélocité, incroyable l'urgence de leurs patrouilles : enfilés dans le creux des thalwegs humides, jamais ils ne franchissaient une crête ; ils semblaient prisonniers des replis de cet *erg* salé comme d'un labyrinthe ; on eût dit que frénétiquement, paniquement, ils en cherchaient la sortie.

☆

Souvenirs du prince de Joinville, fils de Louis Philippe et marin. Il ne semble pas que la flotte de guerre française, dans cette première moitié du 19e siècle, ait brillé particulièrement dans la manœuvre : à lire ces récits de croisières, dès qu'un caillou un peu traître pointe quelque part, elle s'y échoue, souvent sous l'œil goguenard d'un bâtiment anglais qui lui passe un filin. Un jour, en visite officielle dans je ne sais quelle colonie britannique, à peine à terre tout l'équipage de la frégate déserte : la police locale a grand'peine à rameuter ces véloces loups de mer. Cela aide à faire comprendre l'issue des affaires fameuses de *Pritchard* et du *droit de visite* : Louis Philippe se doutait qu'à Trafalgar on n'avait encore rien vu.

En 1841, profitant d'une relâche un peu longue de son bateau aux États-Unis, Joinville visite le Niagara et s'embarque sur les lacs jusqu'à *Green Bay*; de là il traverse à cheval le futur Wisconsin par Winnebago et Fond du Lac jusqu'au Mississippi de l'Illinois : le pays même où je circulais il y a quelques mois. Il y trouve des Indiens peints en guerre et quelques *log-cabin men*, et voici le comté de *Dane*, où je vivais, en 1841 :

« Après Fond du Lac, nous nous sommes trouvés dans les prairies, les prairies immenses à perte de vue, une herbe sèche, jaunie (fin d'octobre) recouvrant une plaine légèrement ondulée, avec par-ci par-là un bouquet de quelques arbres. Nos chevaux galopaient gaîment sur la terre gelée... Plus loin nous voyons un grand nuage se former à l'horizon et s'avancer rapidement : c'est la prairie en feu. Nous faisons alors la manœuvre bien connue de mettre le feu nous-mêmes à l'endroit où nous nous trouvons. En moins de cinq minutes, notre feu était à un mille sous le vent, s'en allant avec la vitesse d'un cheval au galop, et un bruit semblable à un roulement lointain de mousqueterie. Nous sommes entrés avec nos chevaux dans l'espace incendié par nous. »

On comprend mieux l'antiquaire de *Mazomanie* à la lumière des changements à vue qui déferlent sur cette terre sauvage avec la vitesse d'un feu de brousse. En 1970, c'étaient les lacs qui se transformaient en prairies : d'énormes bancs d'algues, nourris du phosphate que leur prodiguaient les détergents lâchés avec les eaux usées, envahissaient le lac Mendota : sous mes fenêtres, je voyais aller et venir le bateau-machine à ramasser et botteler les algues : la banquise gélatineuse se ressoudait derrière lui comme derrière la passée d'un brise-glace. Les ormes magnifiques qui ombragent les rues de Madison mouraient l'un après l'autre, victimes d'un mal mystérieux : chaque jour on en abattait deux ou trois ; si jamais je retourne au Wisconsin dans quelques années, je retrouverai une cité nue, torréfiée par le soleil de juillet, au bord d'un marais fermenté d'Afrique.

Hélas ! les *choses vues*, qui semblent lui avoir été prodiguées, n'ont point rencontré de talent chez le prince. Quelle platitude dans le récit de l'exhumation de Sainte-

Hélène, à laquelle il a présidé ! Chateaubriand, de la rue du Bac, a vu la scène dix fois mieux que lui. Le seul détail concret qu'il nous livre est que la musique anglaise qui accompagnait le cortège descendant vers les plages de l'île jouait l'air du vieux cantique de Noël, *Adeste fideles*, transformé en Grande Bretagne en marche funèbre : on s'attend à tout à propos de Napoléon, sauf à l'évocation de *Father Christmas*. Il se contente d'un brin d'inspection anthropométrique et sanitaire (« Je demandai seulement et obtins qu'avant de nous être remis le cercueil fût ouvert, afin de nous assurer que nous n'embarquions ni un foyer d'infection ni une dépouille imaginaire ») il n'a rien éprouvé en ouvrant le cercueil de celui dont Hegel — qui ne se donne pas pour émotif — le voyant chevaucher dans une rue d'Allemagne, s'écriait saisi : « Regardez ! Le *Weltgeist* à cheval qui passe ! »

☆

Europe

Les paysages de la côte cantabrique, traversés pendant deux journées souvent ruisselantes, m'ont laissé le sentiment d'une contrée singulièrement composite. Je m'attendais à la Bretagne, aux landes d'ajoncs et aux chaos granitiques qu'on traverse avant La Corogne. Je m'attendais à l'Irlande, si présente le long du ria de l'*Eo* quand il débouche dans la mer, avec son arrière plan désert de montagnes bleutées, ses gazons suintants, sa lumière noyée d'averses. Beaucoup moins aux orangers qui çà et là mouillent à la brume leurs pommes d'or pâlottes au creux des vergers trempés. Nullement aux eucalyptus. A partir de Santander, leurs peuplements occupent toutes les collines. Les plus grêles apparaissent d'abord, pareils sur les pentes raides à des plantations de drapeaux effrangés, à demi enroulés autour d'une palissade de hampes flexibles et fluettes, courbées comme les tiges d'une roselière par le vent d'Ouest. Puis viennent des futaies architecturales, des colonnades de fûts rigides, écorcés et haillonneux, étageant en filigrane contre le ciel leurs corbeilles de feuilles ajourées au bout des longues antennes des branches nues. Les troncs blessés et lépreux évoquent des nudités tristes de pauvres dressées au-dessus de la flaque de leurs haillons répandus ; la puissante odeur de baume pharmaceutique imprègne les lanières de cuir racorni. Ces plantations exotiques dénaturent subtilement le paysage : au lieu des éoliennes, des bungalows australiens au toit de fer blanc que toute cette flore rapportée annonce, on découvre au détour des sentiers les ânes et les porteurs d'eau de l'Odyssée qui vont trempant dans la puissante senteur du *bush* austral : paysage colonial mâtiné, clavier végétal hybride, où la discordance capricieuse et criarde des espèces introduit on ne sait quel chromatisme sautillant.

Bilbao — Oviedo — la laideur noire, charbonneuse,

des villes industrielles de l'Espagne : sous la pluie harassante de mars, ce sont les *Gorbals* de Glasgow beaucoup plus que les grottes chaulées des cigarières de Séville. De hautes casernes ouvrières, funèbres, pénitentielles, couleur de suie, encaissent les faubourgs ; entre le mur des maisons et la chaussée à tramways crevée de nids de poule, un lé de terre nue et pelée, semée de flaques et de détritus, tient lieu de trottoir (j'exècre cette terre croûtée, lépreuse, que l'Espagne laisse affleurer partout dans ses villes — repaire des flaques en hiver, en été gîte de la poussière, qui lève partout en essaims) Même les étroites et vertes coupures des vallées de la corniche basque sont partout déshonorées d'usines — cimenteries, verreries, fonderies — allongées de tout leur long entre le thalweg et la route, aussi malencontreuses au creux de ces petits édens verts que celle qui souille la fontaine de Vaucluse.

La sécurité de l'étape du soir dans les paradors vidés par la morte-saison est un des charmes du voyage. On va de palais en château-fort, insoucieux de la couchée déjà prête, selon la chaîne des gîtes d'étape qui a dû plus d'une fois être celle de têtes couronnées : la société de consommation a ses plaisirs qui ne sont pas toujours menus. On songe au temps où Barrès venait ici interroger le secret de Tolède : c'était le *Comte d'Orgaz* dans la journée, mais le soir le funèbre hôtel espagnol qui semble toujours loger un enterrement, la chaleur, les mouches, les boissons tiédies, la paella huileuse — et le lendemain la boîte torride du *ferrocaril* colonial et problématique, dont on croise encore ici et là le rail inhabité.

Portugal : de Tuy, où je couche au bord du Minho, on voit de l'autre côté sur une colline la petite citadelle portugaise de Valença qui surveille la frontière, flanquée de ses redans, demi-lunes et glacis intacts à la Vauban. Et ce qui surgit brusquement de mon souvenir, ce sont, dans une antique édition que je possède de l'*Histoire du Consulat et de l'Empire*, les gravures qui illustrent la guerre d'Espagne de 1808. Les troupes de Soult et de Junot ont dû monter à la brèche dans des dizaines de petites cités-fortes de ce calibre, qui est celui de Rocroi ou de Brouage. Au lever du soleil, très pur sur les montagnettes qui s'étagent à l'est du Minho, des coqs chantent par dizaines dans les basses-cours de la forteresse de Lilliput, où un martial petit clocher pointe tout seul au-delà de la contrescarpe ; le ciel est si clair et si lumineux que l'oreille cherche à surprendre, en supplément plus corsé au concert champêtre, la fioriture éclatante d'un clairon matinal.

La frontière franchie, tout est plus gai, plus soigné, plus riant au Portugal que chez le grand voisin, suspecté et, m'a-t-il semblé, à moitié haï (« Il ne vient d'Espagne ni bon vent, ni bon mariage »). Et probablement aussi plus soigné, plus riant un peu *contre* lui ; routes lisses, rues nettes, maisons soigneusement crépies, stations d'essence fleuries et nickelées. Plus rien de l'incurie hautaine de la Castille (qui commence à changer) c'est un balcon de mer accoté à la lourde et morne meseta castillane, fleuri, éventé, ensoleillé — une corniche des doux hivers, où la vigne apparaît dès le Minho (et même un peu avant) grimpant partout sur les montants de curieuses houblonnières basses, supportées par des poteaux de granit. Peu de cultures hors les vignobles, les jardins et les vergers : un paysage d'amples collines et de montagnes petites, largement boisées de pins et d'eucalyptus.

C'est joli, plaisant, sans caractère, un peu ennuyeux. Sans noyau dur, sans épaisseur ; une marge effrangée, où la dureté castillane se détrempe dans la mer océane, où un bizarre chuintement dans la langue, qui fait penser à Kiev ou à Debreczen, remplace la *jota* râpeuse – sonorité bizarre qui fait penser, à tort d'ailleurs, à un idiome marchand, amolli, aveuli, qu'on croirait contaminé par le Malabar et le Mozambique, une langue de mousson et de trafic, comme le *beach la mar*. On dirait que cette laisse de mer sans épaisseur, en route vers la pleine originalité, s'est arrêtée à mi-chemin de sa glissade, attirée par le grand large, mais accrochée au sous-continent de toute sa longue frontière couturée d'épines et de forteresses — non pas une Grèce ou une Phénicie, plutôt une côte d'Orissa ou de Coromandel, une paysannerie besogneuse, inusable, qui s'est offert une fois le luxe insensé d'un siècle de croisière en haute mer. Sur les murs de Porto, de Lisbonne, s'étale la propagande d'un impérialisme croupion — loqueteux, dérisoire — de l'autre côté de l'Atlantique, la métropole naine, démunie et exsangue, regarde grossir, effarée, le grand fils géant émancipé, qui suscite à la fois fierté et jalousie — pareille à une bestiole emplumée qui regarde déborder de son nid ce qui est sorti de l'œuf du coucou. Même à Lisbonne, nulle part n'apparaît le haut style marchand de Venise, d'Amsterdam ou de Bristol, mais plutôt le revenant-bon un peu sordide d'une paysannerie trafiquante, sans vergogne et sans préjugés, pour qui la traite n'a jamais exclu le métissage et qui m'a paru définir à peu près par la négative le sens du mot espagnol *castizo*.

☆

Cambridge : au collège *St John's*, en revenant le soir, entre pelouses et lierres, à travers la brume bleutée très fine qui sourdait de la Cam, vers l'appartement gothique aux boiseries noires d'auberge espagnole où j'étais logé comme hôte de passage au-dessus de l'étang herbeux du quadrangle, j'apercevais de loin au ras de la prairie la silhouette du romancier E. M. Forster, très âgé, très célèbre, et qui mourut deux ou trois années plus tard. Le prétexte de quelque sinécure permettait à un collège de lui offrir pour le reste de sa vie le vivre et le couvert dans ce Prytanée aux grasses pelouses ; l'ombre laurée, discrète et crépusculaire, qui flottait si silencieusement au milieu de cette ample resserre de calme avait l'air déjà, en promenant son chien, de fouler sans prétention les champs d'asphodèles : il y a autour de la gloire britannique je ne sais quoi de *homely* et de tranquillement domestique où la nation se mue en une grande famille et qui lui est particulier : non pas une figure de proue d'un peuple, mais plutôt un grand-père sportif et un peu fabuleux qui retire sa pipe pour souffler les bougies du gâteau d'anniversaire au milieu du cercle amusé et respectueux.

Plus encore qu'Oxford, Cambridge, avec ses gazons, ses lierres, ses briques fanées, ses fenêtres à meneaux, sa rivière vaporeuse, son silence cristallin de vivier herbu, m'est apparu comme une réserve ecclésiale protégée, un ouvroir à la fois monastique et intellectuel, sommairement laïcisé, où domineraient certes le tiers ordre et les frères convers, mais où les courts surplis couleur de suie, à demi universitaires, à demi cléricaux, qui volètent silencieusement contre les verdures par les ruelles et les allées continuent de faire porter à la culture, comme au temps de Saint Thomas ou d'Albert le Grand, le deuil discret et décoratif de la vie : l'ombre du cloître est là toujours, sa régularité, son vieillissement immobile, son silence, et, à défaut d'une discipline rigide qui s'écaille, la saveur conservée de ses menus plaisirs semi-clandestins. Après que le professeur de physique nucléaire eut lu à haute voix la prière, nous dinâmes à la Haute Table — qui évoquait bizarrement la Sainte Table par sa disposition dans le chœur de la chapelle — d'une tranche d'agneau à la menthe et de quelques pois verts, entre les flambeaux et les énormes surtouts d'argent ; à nos pieds allait se perdant dans la pénombre un étrange parterre gastronomique dont les rangées se fussent disposées non pas parallèlement, mais perpendiculairement à la scène ; la rumeur d'une caserne à l'heure de la soupe montait derrière la lueur de rampe entre les portraits emperruqués et les boiseries de cathédrale. Ensuite nous nous retirâmes dans une autre galerie gothique éveillée à peine par la lueur des bougies, et si longue que le bout s'en perdait dans l'obscurité : c'était le collège de *William Wilson*. Le plus jeune des *fellows* passa parmi nous, offrant des cigares et diverses sortes de tabac à priser dans de petites boîtes d'argent ; on servit dans des carafes, amoureusement décanté, un des meilleurs bordeaux que j'aie bus de ma vie : le professeur de théologie (Divinity) se rendait de sa personne chaque année dans le Médoc pour choisir le *claret* du collège. A la lueur faible des bougies, dans cette austère sacristie désaffectée, les gestes des *dons* réchauffant leurs verres entre leurs paumes avaient la gourmandise mûrie, célibataire et clandestine des *Repas de Confirmation* et des *Cardinaux à table* qui faisaient le clou des Salons de la Belle Époque.

☆

Au début de l'été de 1933, je fis un voyage vers le bout des terres anglo-saxonnes. Emmanuel de Martonne m'avait fait décerner je ne sais quel prix en espèces fondé à l'École Normale pour récompenser un des mémoires de géographie de l'année : je décidai d'aller le dépenser en Cornouaille anglaise, où mon camarade de promotion L. villégiaturait après son année à l'Institut français de Londres. Je traversai Truro, dont je me suis souvenu dans *Liberté Grande*. La ligne de Penzance était ce jour-là tout entière vaporeusement, voluptueusement ensoleillée : l'été anglais m'a toujours paru s'épanouir plus qu'un autre, et s'enivrer de ses soleils fugaces avec une pointe d'exaltation ; quand il est vraiment là, ce n'est pas une saison, c'est une fête, un dimanche climatique carillonné, et on en jouit heure après heure. La voie dessinée en festons tantôt, à la pointe de chaque arc, revenait toucher la mer qui luisait dans l'échancrure des falaises, au bout de la dégringolade de briques des petits ports, et tantôt rebondissait vers l'intérieur au travers des *moors* vides et balayés de soleil ; le plaisir neuf de courir dans le vent claquant vers l'extrémité de la pointe effilée, mangée de vagues, me tenait collé aux vitres du couloir. La mer riait, comme l'écrit Gorki de le Caspienne, dans *Malva*. Quand j'arrivai à Penzance au déclin de l'après-midi, le *Rodney* et le *Nelson*, à cette époque les plus puissants cuirassés à flot, accouraient du large pour mouiller devant le port, étincelants dans la brume de beau temps et la lumière de régates. L. m'attendait sur le quai. En quelques minutes, une navette nous fit traverser le bout de la presqu'île et nous amena à St Ives, où nous avions pris nos quartiers. A une ou deux lieues à peine de la Riviera britannique, la lumière nordique de la mer d'Irlande soudain baissait d'un ton : Arthur's seat, Tintagel étaient presque en vue ; une paupière de mystère retombait avec les brumes sur cette mer verdissante et barbare, vaguement fabuleuse entre ses rocs mycéniens.

Cette extrémité décharnée de la Cornouaille n'a plus de cultures ; l'os est partout à nu ; quand nous nous promenions sur le plateau, nous traversions des bruyères, des fougeraies, nous longions des *links* de golf infréquentés — un peu partout, aux croisées des chemins, dans les cimetières de campagne, les croix gaéliques se montraient taillées à même dans le granit. Le plateau tombait sur la mer par de longues falaises en plan incliné, non pas nues, mais partout couvertes d'un feutrage serré d'arbustes tors dont le vent de mer égalisait et lissait la surface comme une truelle ; sous ce plafond écrasé qui interceptait le ciel, on dévalait jusqu'à la mer entre rocher et feuilles par tout un lacis de sentes couvertes et de raidillons scabreux.

St Ives in Cornwall leads the way
For the health-giving ultra-violet ray.

Cela nous fut confirmé dès le lendemain de notre arrivée : après une baignade grelottante sous un ciel couvert, et sans que nul rayon avertisseur se fût glissé jusqu'à la plage, nous nous retrouvâmes lardés de blessures cuisantes. Il pleuvait à petit bruit, impavidement, sur la Cornouaille ; à travers les baies, en buvant notre thé sans sucre à la mode du pays, nous apercevions le golf miniature déserté et les gazons d'un vert de mousse tout gonflés par l'humeur bénigne et nourricière. Vers le soir, un soleil oblique et tout jaune se glissait sous le couvercle des nuages : rien n'était lumineux comme cette fourrure verte et lustrale où trempaient les colonnettes doriques du porche des villas couleur de coquille d'œuf. Seul un tableau de Millais, d'un mauvais goût qui continue de m'émouvoir (The Vale of Rest) retrouve la vibration presque surnaturelle sous le couchant jaune de cette verdure, à la fois froide et paradisiaque.

Nous étions là deux bons compères. Entre deux averses, nous faisions de longues courses dans cette campagne désertée et pourtant lavée de frais, brossée et étrillée, qui ressemblait à un golf et à un paddock, — nous restions parfois longtemps à regarder, à marée haute, les jeux des vagues sur les beaux rochers de la côte : nulle part, sinon à Ploumanac'h, je n'ai vu une mer au moindre prétexte écumer aussi gaîment, aussi neigeusement que cette mer d'Irlande. Vers la fin de l'après-midi, nous descendions prendre le thé à St Ives, tout animé du remue-ménage des retours de pêche. L., avec son tweed ressemelé aux coudes, sa pipe, son paquet de *Navy Cut*, sa maîtrise de la langue indigène, et cette longue année de *British way of life* qu'il avait déjà derrière lui, me dispensait, où que nous nous asseyions, ce sentiment nomade, paisible et portatif du chez soi que le Britannique pose devant lui près de sa chaise en même temps que son parapluie : rien n'était plus exotique et en même temps grâce à lui plus *homely* que ces vacances. L'Angleterre de 1933 restait encore incroyablement impériale et victorienne : point de *lounge* d'hôtel ou de pension de vacances où on ne vît atterrir à l'heure du thé quelque officier de l'armée des Indes ou quelque fonctionnaire du Civil Service avec son épouse et ses demoiselles (les colonels de l'armée des Indes, c'est singulier, n'avaient que des filles) en route vers Vichy, Bath ou Tunbridge Wells.

Pelouses — pelouses — pelouses ! respirantes sous le crachin côtier, si économe, si mesuré, mais qui mouille si bien, et qui est comme un *understatement* britannique de la pluie — pelouses au bord de la mer — spacieux parc émondé et arrosé que vaporise un soleil ami de la brume. Où retrouver aujourd'hui l'accès de votre chemin de ronde en bordure du large ? Et de cette mer d'été celtique et sauvage, toute ourlée d'une verdure ample et bien tenue, de l'aisance calme du confort saxon et de l'odeur du tabac de Virginie.

☆

Londres, où je viens de passer trois jours. Il faisait un beau et tiède soleil d'automne, passagèrement humide. Je ne me rappelais plus qu'à peine la multitude des petits squares à demi privés, entourés d'un *railing*, dont les riverains seuls possèdent la clé. « *interdits aux chiens sauf s'ils sont promenés en laisse par leur maître le long des allées* » — petits quadrangles d'automne, secrets, mouillés et rouillés, aussi fraîchement sertis entre les maisons de briques fanées que l'eau du puits cernée de sa margelle. Un morceau de campagne anglaise emblématique a émigré dans Londres, on dirait — de concert avec son chien et sa pipe — à la suite de chaque *squire* de village exilé dans la capitale : ces petits clos ensauvagés qui sentent le poil mouillé et la litière de novembre n'ont rien d'un « espace vert » insipide et fonctionnel : leur pathétique vient de ce qu'ils sont la parcelle d'une humide et verte patrie emportée à la semelle des souliers par des citadins d'infortune, dont la cité n'a jamais trouvé l'accès du cœur.

☆

Par intervalles, une image revient me visiter, que j'ai dû cueillir au vol dans le train qui me ramenait de Bergen à Oslo, là sans doute où la ligne, à deux ou trois reprises, quitte un moment le Sörfjord avant de revenir le border. Une échancrure dans la paroi du fjord, large à peine d'une soixantaine de mètres, le mouchoir vert d'un bout de prairie au bord du golfe, à travers lequel l'eau d'un torrent qui le mouille se perd en un minuscule delta; de toutes parts autour de ce cran emmuré la prison des hautes parois verticales piquées de sapins vers le bas, et dont le haut se perd dans le plafond abaissé des nuages — et là, toute seule, posée sur l'herbe et contre les sapins, une maisonnette de bois, adossée à la falaise, qui regarde la mer.

Il y a plusieurs choses dans cette image. La solitude. Une certaine solitude plutôt. Non pas le désert : les ressources d'une grande ville sont là, à moins de cent kilomètres, et on imagine que le boulanger doit passer encore chaque semaine, le médecin et le pasteur quelquefois. Mais pourtant déjà sa lisière, et déjà l'amorce de son versant. Le silence, vaste, opaque, impossible à chasser, où on se sent englouti comme dans une forêt. On décèle à l'oreille avec surprise, en montant vers le nord, quelque part au-delà de Söederhamn sur la côte de Bothnie, quelque part après Hänefoss en gravissant les *vidda* de Hardanger, un certain passage de ligne non plus climatique, mais auditif : celui où le bruit discontinu et dilué de la vie qui se raréfie ne refoule plus l'émergence fondamentale : le silence premier, à la fois compact, porteur et nourricier, qui ressurgit et fait surface comme d'un grand fond, aussi concrètement audible que le tic tac de la pendule dans la pièce qui s'assoupit.

Une lisière simplement, de vie précaire certes, mais encore tout à fait habitable — seulement c'est la lisière du désert absolu. Ici l'imagination prend le mors aux dents. Le désert chaud n'est qu'un entre-deux, un répit entre deux verdures : au nord seulement s'annonce le figement de la vie, le froid et le silence crépusculaire final — au seuil de celui-ci seulement se lèvent, non les mirages changeants des sables, mais les grandes figures immobiles et paniques : les Portes d'Hercule neigeuses d'Arthur Gordon Pym ou le Sphinx des Glaces. Encore vert, et même vivant quand un rayon de soleil le visite entre deux nuées troubles, le bord du monde habité et vivable est en vue ; l'au-delà de cette frange, qui est tissé du gel et de la nuit finale, fait que les derniers vestiges de vie s'y projettent cernés d'une lumière noire, comme la neige des très hauts sommets contre le ciel déjà d'un bleu de nuit ; et de ces petits clignements de vie pathétiques silhouettés déjà sur le néant, on peut dire ce que Roméo dit en l'apercevant de Juliette :

It seems she hangs upon the cheek of night.

☆

Ce qui frappe d'abord dans le paysage de Suède et de Norvège : le roc, la cuirasse géologique de la presqu'île, le *bouclier* scandinave (on ne saurait mieux dire) partout présent. Non pas le rocher : le roc ; tout ce qui pouvait s'arracher, s'extraire, s'araser, la glace l'a arraché, extrait, arasé du squelette gratté, brossé, récuré jusqu'à l'os. Il ne reste que le noyau profond mis au jour, la roche-mère intacte, inaltérée. La forêt — claire, sans belle venue — pousse sur des coupoles et des plaques de blindage qui partout apparaissent à nu ; dans les îles de Stockholm, où un léger filigrane de neige soulignait encore en avril les jointures cyclopéennes des quartiers de roc, les maisons semblent surplomber le lac du haut d'un bordé de dreadnought. Épaulements rabotés, dos de baleine, écailles de tortue, ce sont les formes que le granit ici répète à satiété : pas de sol, pas même une pellicule de terre de bruyère : on dirait que toute la Scandinavie, ses ballasts expurgés par la fonte des glaciers énormes, émerge de la mer comme l'échine d'un sous-marin étanche et boulonné. Nulle trace de remblai, nul colmatage ; le long de la rive basse du golfe de Bothnie, le dallage bossu plonge sous la mer comme le pavé d'un gué ; même les petits lacs se ceignent d'un anneau de granit nu ou de porphyre, comme la flaque d'un bénitier.

La forêt : partout présente, monotone, obsédante, elle n'est pourtant jamais un océan d'arbres : des clairières parfois l'effilochent, les rochers nus l'écorchent ; çà et là les coulées encaissées des vallées, les Alves, la coupent comme des pare-feux d'une étroite bande gazonnée. Sa couleur n'est pas uniforme ; les diverses espèces de conifères, la densité plus ou moins grande des bouleaux y font courir — vue de loin — des veines plus ou moins larges d'un vert plus ou moins foncé, comme ces traînées plus ou moins bleues qu'a la mer calme en été près des plages. Elle n'est pas non plus un revêtement fourni et continu, une toison végétale : aérée, plutôt claire, même de loin on voit sur la crête des collines se découper en dents de scie nettement séparées la cime de ses sapinières. C'est plutôt un hérissement râpeux et distendu, le chaume dru, inextirpable, mais inégalement planté et fourni, selon les creux et les saillies, d'un menton mal rasé, d'une peau tendue sur l'os.

J'ai roulé toute une matinée dans cette forêt en compagnie d'un Français d'Umea, qui exerce dans le Norrland une profession curieuse, celle de « conseiller pédagogique itinérant », au service du gouvernement suédois pour l'enseignement du français dans les écoles secondaires. Toute l'année, y compris les interminables nuits d'hiver, dans une région grande comme la moitié de la France, il circule de Kiruna à Gaevle, entre toundra et sapinières, visitant les quelques établissements qui végètent de loin en loin dans les trous de la forêt scolarisée : c'est l'inspecteur des solitudes. Nous parlions peu ; il faisait un temps clair et sec ; des deux côtés de la route mouillée d'un bleu d'acier, vide, nette et déblayée, défilaient les sapins et la neige — en fond de tableau, mais à assez courte distance, (on dirait qu'il n'y a jamais en Suède de perspectives lointaines) on voyait une houle de collines assez molles couvertes de sapins : de cette monotonie sans limites, mais sans horizons, montait quelque chose qui ressemblait à la fois à l'ivresse et au sommeil — enfin, sur la réflexion experte que me fit mon compagnon que nous avions peu de chances de trouver plus loin quelque chose à manger avant une centaine de kilomètres, nous nous arrêtâmes pour déjeûner à Vindeln, la *Perle* (sans grand orient) *du Vesterbotten.* Autour du petit hôtel avenant et confortable où nous nous trouvâmes seuls, le troupeau des maisonnettes de bois se desserrait à l'aise sur l'herbe gelée : on n'entendait rien, que les gouttes du dégel qui pleuvaient une à une des toits ensoleillés. Nous reprîmes ensuite à travers les sapins, comme on reprend la mer.

A Umea, deux grandes sculptures abstraites symbolisent, l'une, en face de la gare, la *Glace*, l'autre, sur le campus de l'Université en construction, la *Lumière Polaire*. La ville — qu'on surnomme la Cité des Bouleaux — a cinquante mille habitants, mais n'en paraît pas quinze mille ; elle s'étend entre la voie ferrée et l'Ume Elf sur huit cents mètres de large, mais cinq kilomètres de long ; dès qu'on a quitté les quatre ou cinq rues commerçantes du centre, qui se coupent à angle droit, la banlieue commence, comme elle commençait à Madison : petites maisons d'un étage, de bois ou de briques, posées sur l'herbe de fin d'hiver couleur de tapis brosse ; de grosses congères d'un gris sale, en avril, commençaient à fondre au bord des trottoirs qui cessent très vite d'être pavés. Une lumière dépouillée et sèche aux ombres longues, pareille à la lumière de six heures du soir en été, la lumière d'un déclin ensoleillé traversé déjà de mélancolie, plongeait sur les rues obliquement toute la journée — lumière insubstantielle, claire et pourtant appauvrie, comme si elle eût rayonné toute son énergie dans la clarté aux dépens de la chaleur ; le blanc fumé, les fines vergetures retombantes des bouleaux nus mettaient dans la perspective des avenues sans vie une trace d'élégance fine et imperceptiblement endeuillée. Avant sept heures, les rues se vidaient, et les petits cottages épars de la banlieue se remplissaient, mais la belle lumière inoccupée continuait à pleuvoir sur les avenues, attardée et distraite, comme un éclairage municipal qu'on oublierait de couper. J'allai me promener à cette heure-là au bord de l'Ume Elf — le fleuve, gelé encore aux trois quarts en cette fin d'avril, coule entre des berges assez hautes et non aménagées, toutes jaunies par les gazons gelés, où poussent les bouleaux et que surplombent des maisonnettes de bois ; une église de briques à clocher de cuivre verdi comme on en voit partout en Scandinavie domine au centre la pente de la rive, aménagée ici en un petit jardin public. La ligne basse de la forêt, vers l'aval et vers l'amont du fleuve, fermait partout l'horizon ; un tintement villageois tombait du clocher sur la ville déjà à moitié endormie dans le grand jour ; l'air, avant la glace qui se reformerait sur les flaques dans une heure, avait le goût d'un dégel acide et pourtant sec, agréable à respirer. Je me sentais clairement ici — à une baisse de tension qui n'était pas le calme de la campagne, à un début d'engourdissement encore plaisant de l'imagination et de la curiosité — sur les lisières du monde habitable : une vie petite, un peu décolorée, un peu falote, pour laquelle l'espace semblait trop grand, la journée trop longue, bougeait à faible bruit sur ces marges crépusculaires ; les sons venaient frapper l'oreille, affaiblis, ouatés, espacés, comme quand on débarque au Montanvers — la grand'route qui traversait l'Elf sur son pont de ciment bifurquait au fond de la perspective sous une ligne de panneaux indicateurs qui semblaient concerner déjà l'enjambement d'un espace abstrait, des liaisons aériennes plutôt que routières : Haparanda — Finlande : 400 kms — Kiruna : 600. Bien avant quatre heures du matin, à travers mes rideaux le jour me réveillait ; je me levais et j'allais à ma fenêtre : une vive et blanche lumière de limbes, sans un chant d'oiseau, sans un bruit de voiture, éclairait la place vide, évacuée avec la nuit par les occupants de son *parking*, et où pour trois heures encore, dans le jour grand ouvert et pourtant déserté comme un œil de nocturne, nul signe de vie n'allait bouger.

☆

La sécheresse de l'air, dans ce Norrland encore enneigé, surprend. Les lèvres se gercent et se fendillent, la déshydratation menace : la nuit, on se lève pour avaler de grands verres d'eau. Pour allumer un feu, une allumette sous un tas de rondins suffit — dans les prés gelés, où les flaques de neige sont encore en train de fondre et qu'on imagine imbibés d'eau, l'herbe prend feu et brûle sur des dizaines de mètres, comme la broussaille de nos talus de chemin de fer en été.

☆

Ce n'est pas l'absence de passé qui frappe ici, comme en Amérique, c'est le refus du passé. Deux fois au moins — avec Gustave-Adolphe et Charles XII — la Suède a fait trembler l'Europe : rien ne marque leur passage; il reste aussi peu de traces de leurs exploits que de ceux de Vercingétorix ; tout cela s'est dissous dans l'air avec la fumée des villes de bois qui toutes, l'une après l'autre, ont flambé au siècle dernier : on est ici aux antipodes de l'Espagne, momifiée, roidie comme un *campo-santo* sous la pierre armoriée. « Il faut être absolument moderne », comme dans la *Saison en Enfer* — on envisage d'abandonner à l'école l'enseignement de l'histoire — on jette par terre, à Stockholm, la maison de Strindberg, en bon état, mais jugée peu fonctionnelle. L'art figuratif est partout frappé d'interdit sur les places publiques par les notables de la pâte à papier et de la conserve de poisson : pas une villette du Norrland ou de la Laponie qui n'arrime fièrement devant sa gare ou son hôtel de ville une machine de Tinguely ou une voiture écrasée de César.

☆

La Scanie, dans cette fin d'hiver déjà débarrassée de sa neige : une campagne spacieuse et molle, impeccablement labourée, peignée, ratissée, sans une tache de couleur vive : un ample camaïeu de bruns, de beiges, de jaunes ternes et usés ; la couleur rêche du tapis-brosse alternant comme un carrelage avec le luisant de la glèbe retournée. Vers l'ouest, au-delà de la rive basse, s'étendent les eaux du Kattégat : mer plate, inerte, à peine vivante : c'est la mollesse des riches campagnes circonvoisines qui déborde ici sur ces eaux intérieures paisibles et domestiquées : Sund, Belt, Kattégat — sillonnées de *ferries* et déjà enjambées par des ponts.

☆

Villes aseptisées, inodores, policées, récurées, qui semblent purgées par le long gel hivernal des humeurs malignes que sécrète toute grande cité. Difficile d'imaginer, à Göteborg, à Oslo — grands ports pourtant — quelque chose qui ressemble de près ou de loin à une rue chaude, à un « bas-fond » (dès Copenhague cela change, avec le Nyhavn). Les cris gutturaux et brefs des ivrognes du samedi soir dans les rues d'après-dîner gardent quelque chose d'animal et de naturel comme les cris de la forêt toute proche : c'est la très simple ivresse de Noé — et non les noirs poisons des ivrognes littéraires de la Russie si voisine — qui terrasse, au bout de la semaine, au débarqué du navire, ces grands corps blonds et naïfs.

☆

Pour fuir l'ennui d'Oslo, je me réfugie au *Bygdoe*, au musée Nansen, où on contemple de bas en haut la coque de bois du *Fram*, épaisse et ventrue comme une arche de Noé, sa quille posée sur le sol qui fait penser au navire de Hatteras, soulevé à bras tendu, expulsé de la mer par la pression de la banquise. Il y a une âme dans cette bâtisse de béton en forme de hutte, au bord des vagues, sous le cri des mouettes, dans le vent glacial de la mer nordique — dans ce musée de Nansen et d'Amundsen qui est aussi un vrai musée Jules Verne. Amundsen : extraordinaire coupe-vent du nez busqué, figure de proue sculptée dans un marron — Nansen : gentleman polaire et craignant Dieu, écrasant de respectabilité sous le haut de forme et la redingote : on l'imagine se dégantant pour nourrir ses chiens esquimaux. Aux murs, photos des expéditions polaires — photos victoriennes et protestantes, toutes empreintes du *cant* de la fin du 19e siècle — mais c'est dans un coin peu fréquenté de la Terre François Joseph que se saluent, en secouant à peine un peu de neige, ces yachtmen à favoris du meilleur monde, imperceptiblement monomanes — des guirlandes de petits drapeaux dans leur poche comme des prestidigitateurs.

Ce peuple de la neige n'a point d'art : paysans des sapinières, lourdement matériels, ce ne sont même pas des matelots, mais plutôt, tant ils semblent mettre peu de poésie dans les vagues, de simples laboureurs de la mer. Seulement ils ont un musée, riche de cette poésie involontaire dont parlait Eluard — rempli des sortilèges que composent la solitude, la glace, la nuit, traversé, éclairé d'un idée naïve et forte, capable d'orienter toute une vie — à peine une idée, plutôt une pulsion inscrite dans le sol, dans cette mince flèche de terre en forme d'index : *Norvège* signifie le Chemin du Nord. Et cette hutte viking au bord des vagues, enguirlandée de mouettes, emplie seulement d'une idée simple et grande, avec ses photographies pâlies et l'ex-voto de sa coque de terre-neuva qui semble pendue aux voûtes, est un beau et noble musée national.

A côté, on voit le musée du *Kon-Tiki*, avec le radeau de balsa d'Heyerdahl, mais tout de suite on sent la différence; point de pensée incarnée ici, point de nécessité et point d'appel : il ne s'agit que d'un *hobby* aventureux.

☆

A *Christiansand* — petit port perdu au-delà du Telemark à la pointe sud de la Norvège — l'assistant français qui me reçut me fit visiter le parc municipal, orgueil de la ville : une gorge fraîche et ombragée, une *frigida Tempe* entièrement artificielle, amoureusement fignolée à la bêche au pays des sapins. Un colonel du génie, de penchants bucoliques, qui fit ici toute sa carrière, passe pour avoir employé uniquement, pendant de longues années, son régiment à cette excavation paysagiste ; son buste en bronze adonise la feuillée ombreuse : douce armée ! heureux pays !

☆

Röskilde. La cathédrale de briques sans grâce est le *Saint-Denis* du Danemark, avec ses gisants de pierre attroupés, dont le nom même est depuis longtemps silence (le Danemark, par une singulière fortune, n'a eu qu'un roi et qui n'a pas régné : Hamlet). Tout autour, le silence nordique des rues et des ruelles, fané et sédatif — plus engourdissant que celui de la Hollande — qui est celui des franges du monde habité : malgré la nécropole royale toute proche, on sent que le charroi brutal de l'Histoire n'a jamais éveillé cette calme et végétale bourgade : elle n'écoute que le vent bruissant qui remonte le fjord plat et passe sur les prés d'un vert cru, les cris des oiseaux de mer au-dessus de l'herbe, le carillon austère et luthérien qui tombe d'heure en heure des clochers. Il n'y a rien à chercher, rien à prendre à Röskilde : respirons une seconde le vent acide, hivernal encore en avril, qui souffle du Belt, arrêtons-nous quelques minutes à la pâtisserie, confortable et somnolente, pour manger un gâteau danois à la crème danoise, qui est une crème double, et partons — puisque nous n'avons pas assez de temps pour le seul, simple et profond plaisir que promet la ville et qui aurait été non pas d'y vivre, mais d'y dormir ; d'y dormir une vraie nuit danoise : une nuit double.

☆

Copenhague : quel plaisir de retrouver intact après vingt ans le charme de cette ville si paisiblement, si doucement habitable ! et le vert-de-gris de ses toits de cuivre à demi dissous dans l'air, qui conservent jusqu'au cœur de l'été, collé à eux comme une pellicule de neige, quelque chose de la légèreté et du silence de l'hiver. Charme complexe, fait parfois de rappels discordants : les bas-fonds du *Nyhavn* sont ceux même d'Amsterdam, avec leurs prostituées naïves et tricoteuses — le silence des ruelles de la vieille ville parle parfois des béguinages flamands — les entrepôts du port, la poulie encore accrochée sous l'auvent du pignon aigu, se souviennent de la Hanse de Lübeck ou de Danzig — mais les couleurs des façades : ocres délavés, lilas, verts d'eau, roses éteints, sont les couleurs mêmes — les couleurs *pombaliennes* — de Lisbonne au quartier d'Alfama : c'est ici un midi scandinave qui s'essaie timidement à attraper dans ses façades, dans l'eau lisse de ses canaux, comme les enfants dans un miroir d'un sou, un peu de soleil brumeux — *un peu de soleil dans l'eau froide.*

A côté de la *Gemütlichkeit* de Copenhague, les façades cossues, distantes et gourmées de Stockholm dégagent autant de chaleur humaine qu'auprès du Vieux Port les immeubles « Troisième République » des Ternes ou de la plaine Monceau.

A l'hôtel *Belle France*, j'habitais une chambre ancienne et silencieuse, au capiton pelucheux d'un rouge sombre ; par la fenêtre, la vue plongeait sur une ruelle coudée et tranquille de sous-préfecture, avec ses chats dormeurs — de l'autre côté de la rue, sous les combles, on entendait par les croisées ouvertes le cliquètement distrait des machines de deux ou trois dactylos en chambre. De la droite, à quelques cent mètres, venait le bruissement, le piétinement innombrable de l'*Ostergade* interdit aux voitures, pareil à celui de la Merceria à Venise. Le son des cloches voyageait sans obstacle dans le ciel liquide : bourgeoise, quiète, abordable, d'une élégance sans faste, de partout une capitale sans démesure rappelait, rassemblait les traits d'une dimension humaine oubliée.

Dans cette péninsule scandinave qui refait surface — délestée du poids des glaciers — centimètre par centimètre, rien que le dépôt friable et casuel de quelques siècles à peine d'une civilisation du bois à laquelle le pourrissement et l'incendie ont fait bonne mesure. A quelques dizaines de kilomètres de Copenhague, au hameau de N., on visite quelques chaumières-musées, qui conservent encore le mobilier paysan du dix-huitième siècle. Puis, quelques centaines de mètres plus loin, un village néolithique qu'on a reconstitué en plein champ avec ses clôtures d'épines, ses cabanes et ses essartages. Il y a entre les deux comme une immense lacune sédimentaire : la préhistoire vient battre presque directement ici contre la modernité. Plus on s'élève en latitude sur la Baltique, au long des *échelles* suédoises, plus la lacune s'étale et s'agrandit : à chaque instant, derrière les paysages du Norrland, l'Amérique transparaît en filigrane.